LÜ XI DAO
SHANG DE ERNÜ　漠　桑 著

驴溪岛上的儿女

西南师范大学出版社
国家一级出版社　全国百佳图书出版单位

图书在版编目（CIP）数据

驴溪岛上的儿女/漠桑著. —重庆：西南师范大学出版社，2021.8
ISBN 978-7-5697-1071-7

Ⅰ.①驴… Ⅱ.①漠… Ⅲ.①长篇小说—中国—当代 Ⅳ.①I247.5

中国版本图书馆CIP数据核字（2021）第165289号

驴溪岛上的儿女
LÜXI DAO SHANG DE ERNÜ

漠桑 著

责任编辑	何雨婷
责任校对	张 昊
策　　划	陈 涌　姚良俊
装帧设计	双安文化　向加明
出版发行	西南师范大学出版社
	地址：重庆市北碚区天生路2号
	邮编：400715
经　　销	全国新华书店
印　　刷	重庆市开源印务有限公司
幅面尺寸	140mm×210mm
印　　张	6.25
字　　数	135千字
版　　次	2021年8月　第1版
印　　次	2021年8月　第1次印刷
书　　号	ISBN 978-7-5697-1071-7
定　　价	48.00元

向为中国基础教育

做出巨大贡献的所有中师生致敬

值得珍藏的记忆

——《驴溪岛上的儿女》序

舒德骑

已是黄昏。

读完漠桑先生发来的《驴溪岛上的儿女》书稿,并遵嘱为这本书写上几个字。放下书稿,不由陷入久久的沉思。缓步来到阳台,举目远眺,但见江天壮阔,烟波浩渺,岸边沙滩上的石英碎片在落日的余晖中熠熠生辉。我猜想,本文作者是想把他人生记忆里的这些碎片拾掇起来,拼接成一幅闪光的沙画珍藏起来。

看得出,书中的文字大都来源于作者个人的人生经历,源于他的心灵体验和生活积累;与其说这是一部小说,不如说是作者人生真实的写照。字里行间,总能窥见他或迷茫、或欢乐、或沮丧、或欣慰的身影。听作者讲,中师生这段人生经历对他来说,是他挥之不去、难以磨灭的一段记忆。这其中有他童年的缩影、少年的憧憬、青年的梦幻、中年的思考……他早就想用文学的形式将其展现出来了。

本书是描写中师生这个特殊群体的——这个特殊群体，现今已渐渐淡出人们的视野，但同时这又是一个值得被历史记录的群体，一个为我国乡村基础教育做出突出贡献的群体。

草黄山瘦，风寒露冷。
日起月落，雁来燕归。

静夜里，读着《驴溪岛上的儿女》，书中的那些人物、那些场景、那些情节、那些语言，突然让我记起小时候看过的一部苏联影片——《乡村女教师》。

这部电影讲述的是一个年轻的姑娘瓦尔娃拉，她目睹了乡村的贫穷和愚昧，毕业后决心成为一名乡村教师。为了这一崇高的理想，她孤身一人前往西伯利亚偏僻的小山村做了一名乡村教师，把自己的一生都奉献给了乡村的教育事业。

历史上，西伯利亚是一个经济文化都十分落后的地区。当时，乡村教师在苏联国民教育事业中扮演着重要的角色，是连接城市与农村文化的桥梁，他们在农村的社会地位和作用极为特殊。

在那些边远的山村里，没有人重视教育，自然也不会有人对乡村教师表现出好感。瓦尔娃拉在异常艰难的境况中，尽管屡遭挫折，屡受打击，但她从不轻言放弃，而是孜孜不倦地用文化的甘泉滋润着这片干涸的土地，锲而不舍地用知识的乳汁哺育着那些饥渴的孩子。这位乡村女教师凭借自己一生的坚持和对梦想的追求，用一颗教育工作者纯洁而美好的心灵，将爱与希望的种子播撒在她每一个学生的身上。她像一支燃烧的蜡烛，照亮乡村迷茫昏暗的黑夜，使这里的孩子大部分走出了农田，走进了课堂。最终，她桃李满天下，学生们成长为军人、演员、教师、工程师等，不少人还成为国家的栋梁。这部影片看似在讲述一个平凡的故事，但其实是在演绎一个时代和一段伟大的历史。

这部影片，让人感慨唏嘘。

读着《驴溪岛上的儿女》，恍然之间，我仿佛看到无数个瓦尔娃拉的影子，他们正攀缘在崎岖的山路之上，行走在朦胧的月色之中，伏案在油灯黯淡的光影之下。漠桑他们这代中师生，正处在国家刚从"文革"的阴影里走出来，狠抓经济建设、狠抓教育事业的时期。那个时期，农村还十分贫穷、偏僻和闭塞，基础教育更是异常薄弱。这些"驴溪岛上的儿女"毕业后，像瓦尔娃拉一样，为了让山里的孩子们走出大山，摆脱贫困，消除蒙昧，提高素质，享有教育的权利，义无反顾地走进大山，走向深沟，走向边远的乡村，苦心孤诣坚守三尺讲台，扮演起国民教育事业中的重要的角色。为此，他们付出了自己的激情、青春、热血，甚至生命。

随着时间的推移和社会的变迁，当年的中师生们，有的成为造福一方的政府官员，有的成为单位的优秀领导，有的成为教育专家，也有的成为骨干教师和学科带头人，但更多的依然扎根山区，默默无闻，辛勤耕耘，无私奉献，继续无怨无悔地履行着乡村教师的职责。

据悉，这是作者创作的第一部长篇小说。当然，初试牛刀，其写作技巧也许算不上老道深沉，文章剪裁也稍有失算之处。但愚以为，这部作品最大的特点是感情真挚，描写生动，文字流畅，很接地气；其语言文字也不乏机智诙谐，充满生活气息；字里行间，有作者对人生的思考，对生命的感悟，对人性的探索，对自然的描写，对社会的理解和对他人的关爱之情。

此外，作者用大量的篇幅，记述了他们学生时代紧张而纯真的学习生活，描写了青春时期浪漫与青涩的爱情；也有学生们走出学校、走向社会的不同际遇，还有对人生理想和价值追求的反思，以及对我国基础教育现状的辨析——正因为如此，相信这部作品对读者会有启迪之功，对社会当有留存价值。

种瓜得瓜，春华秋实。祝贺漠桑先生。

是为序。

2021年3月31日于重庆江津

作者系中国作家协会会员、中国报告文学学会会员、重庆江津作家协会原主席

引 子 /1

上篇 中师生活

报到初遇 /8

晨　练 /18

激情与梦想 /21

不一样的体育课 /24

女生宿舍的尖叫 /27

烟鬼的结局 /35

蹦　迪 /38

别样的考试 /43

俩宝贝儿 /47

历劫了无念 /54

飞走的爱情鸟 /60

一笑泯恩仇 /66

同学别哭 /72

中篇 各奔东西

单　挑 /82

吃刨猪汤 /91

人生第一醉 /96

单身汉不快乐 /100

初恋也苦涩 /103

走进婚姻 /111

下篇 重逢又诀别

赛课相逢 /120

抉　择 /125

诱　惑 /131

相聚甚好 /138

护花使者 /143

扎根山区 /149

同学会格外芬芳 /153

职评无语 /161

生日不快乐 /166

裂　变 /173

晴天霹雳 /178

尾　声 /186

后　记 /189

引　子

机场出口，三山一眼便看见了诗语。

"诗语，这儿！"三山边喊边招手。

"周叔叔！"诗语冲了过来。

"怎么是你来接我？我爸妈呢？"

三山没说话，拉起行李箱往车上塞。驾车直接上高速。时速80千米，90千米……时速提到了120千米，有飞一般的感觉。

看着三山严肃的表情，开得飞一般的车子，诗语疑惑地盯住三山，似乎预感到了什么。

"周叔叔，我家里是不是发生了什么事？"

三山仍不说话。

"周叔叔，你说话呀！"

"待会儿你就知道了，坐好啦！"

三山又提了速！

车窗外的风景一闪而过。

"周叔叔，开慢点儿！"诗语有些紧张！

"没事！"

车下了高速，没有往城区方向开。

"周叔叔，这是去哪儿呀？"

"一会儿就到了。"

车直接开到了殡仪馆。

诗语脸色突变，带着哭腔问："周叔叔！开到这儿来干什么呀？"

"你进去就知道了。"

大厅门口，围满了人，有英子的亲人、同事、同学、朋友、学生、家长……

诗语挤进大厅，首先映入眼帘的是那幅挂在灵堂上的妈妈的黑白照。诗语简直不敢相信自己的眼睛——两年前，她出国读书的时候妈妈还是好好的，虽不及年轻时漂亮，额上有了抬头纹，头上有了白发，但精神尚好，每天在家认真备课，上班激情满满。两年，怎么可能？！她扑到冰棺前——妈妈呀，里面躺的真的是妈妈！一身青衣青裤。虽然化过妆，但跟两年前相比，明显消瘦了许多！

"妈妈呀！"诗语伏在冰棺上，大声叫道，泪如雨下。

"妈妈呀妈妈！我走的时候，你不是叫我好好学习，你在家等我学成归来吗？我现在回来了，你却……

"妈妈呀妈妈！你总是担心我，叫我吃好穿暖，怕我挨饿受冷，无微不至地照顾我，你为什么偏偏不照顾好自己？

"妈妈呀妈妈！你把每一个学生都当成自己的孩子一

样关心、疼爱，生怕他们没学好，成不了才。你为什么不多关心关心、疼爱疼爱自己？

"妈妈呀妈妈！你总是把好吃的、好穿的送给爷爷、奶奶、外公、外婆，而你自己总是衣食从简。你为什么不把自己保养好一点儿呀！

"妈妈呀妈妈！你对身边的所有人都真诚、善良！宁愿亏欠自己，也绝不亏欠别人。可是老天为什么要这样对你？老天爷，你难道真的好坏不分吗？你好坏不分又何为天啊？！"

诗语突然脸色煞白，不省人事。大家赶紧掐人中、掐虎口，手忙脚乱好一阵，诗语才苏醒过来。端来的糖开水诗语也不喝，她坐在冰棺旁，默默流着泪。在场的人，无不为之动容！

良久，诗语冷静了一些，她拉开冰棺盖子，抚摸着妈妈的脸颊，脸上冰凉冰凉的。妈妈眼睛微闭，眉毛和睫毛上结有霜。诗语拿出纸巾，为妈妈擦掉霜；用手轻抚妈妈的双眼，让她彻底闭上眼睛安息。

诗语的眼泪又奔涌而出："妈妈！你为什么生病了一直瞒着不告诉我？不让我见你最后一面？我知道你有很多话要对我说——我不甘心呀！妈妈，没能见你最后一面，我会终身愧疚和遗憾呀，妈妈！"

泪水哭干了，人也哭累了，诗语趴在冰棺上不知不觉睡着了。

恍惚中，她看见妈妈被两个口鼻如山洞、目光如火炬、面如死灰、凶神恶煞的巨人押着前行，妈妈一步一回头。诗语紧紧跟在后面，边喊边追，边追边喊，可无论如何也追不上，更听不见应答。她快他们也快，她慢他们也慢，总保持几百米的距离。诗语喊呀追呀，追呀喊呀："我妈妈是好人，你们放了她！"

最后诗语看见他们上了一座桥，桥四周云雾缭绕。诗语追上桥去："我妈妈是好人！你们要带她去哪儿？你们放了她吧！"

俩巨人不语。

"我能和妈妈说说话吗？"

"看你对母亲有一片孝心，念你们母女情深，你们见一面吧！"

妈妈满脸是泪，拉着诗语的手说："女儿啊！我走啦！照顾好你爸！替我孝敬爷爷、奶奶、外公、外婆，照顾好自己！一定好好照顾自己，妈妈希望你永远幸福！"

"妈妈！放心吧！不用牵挂我们。我会替你孝敬爷爷、奶奶、外公、外婆，我也一定会照顾好自己……"

"时间到啦！"

只见巨人拿起一个碗，舀了碗什么东西强行给妈妈灌下，然后他们就飞走了……

诗语追上前，桥前面没有路，下面是无底深渊，上面是无际星空，只见他们越飞越高，越飞越高，最后不见了。诗语一边哭一边拼命喊，突然喉咙嘶哑，喊不出声了，一挣扎——她一下醒了过来，衣袖被泪水全部打湿，原来只是一场梦！

诗语擦干泪水，上前又上了一炷香，烧了些纸钱。缕缕青烟，从窗口飘散出去，袅袅升上阴郁的天空……

静静地躺在冰棺内的女人名叫英子，诗语的妈妈，三山的同学、同事、朋友，她和三山命运交织了近30年。三山和她在沿江师范相识相知，同饮驴溪水，同窗共三载，然后一起在教育一线奋斗。那一点点、一滴滴、一幕幕在三山脑海中不断浮现……

上篇 | 中师生活

报到初遇

那是 1987 年 8 月 29 日凌晨，周三山醒了，四周很安静，静得让人害怕，到处黑漆漆的，茅屋顶上没有一丝光亮。三山翻来覆去，覆去翻来，再也睡不着了。好不容易熬到土墙裂缝外泛起隐隐白光，他翻身起床，拉亮电灯，昏暗的灯光犹如煤油灯，照得并不亮堂。他开始收拾箩筐、锄头、运动衫、白网鞋，一样都不能少，录取通知书明确规定必须带。听到响动，隔壁三山的父母也起来了。妈妈将三山的衣裤装入木箱，然后将暖水瓶、铺盖卷等生活用品一并装入箩筐，满满一担。天已大亮。爸爸挑起担子，准备往外走。三山连忙拉住他："爸，放下，放下！"

"我送送你。"

"我都十七啦！你还送？让同学们看见，多不好意思啊。"

"你没单独出过远门，况且要走十来公里山路才能坐车，我送你一段。"

"师范学校就在东江。离家只有几十公里，不算出远门。"

这些东西又不重,不用送,你们睡会儿回笼觉。"

"让你爸送送嘛!"

"妈,真不用送!你放心吧!两个姐姐上中专,你们不是放心让她们自己去的吗?不会这么偏心吧,非要送我!"

"好好好,不送就不送!在校一定要把心思放在学习上,别东想西想的。听老师的话,别惹是生非哈!好不容易才脱离农村,跳过龙门。全乡就考上你一个,一定要争气,千万别出岔子!这些年供你们姐弟三个读书,家里值钱的东西都卖了。这次为你修木箱的工钱都还没给。别人家都在修瓦房了,我们家还是几间烂草房。你要是不听话,被退回原籍,看你怎么讨媳妇?这么穷,谁愿意跟着你?"

"放心吧,妈!我一定好好学习!"

三山挑起箩筐,故意晃悠了几下,做轻松状。扁担发出"吱嘎吱嘎"的声响。走出门,爸妈却紧随其后。

"你们别送了。"

"好!"

走到转弯处,三山回头,看见爸妈仍站在原地凝望着他。

虽已入秋,"秋老虎"似乎更加凶猛,太阳发出炫目的光,白花花的,没有一丁点儿收敛的意思。蝉一直鸣叫,让人心烦意乱。阿猫、阿狗没了踪影,不知躲到哪儿乘凉去了。三山乘坐的那辆破旧的公共汽车，走起来"哐当哐当"直响，像一个气喘的老头儿。车停下来灰尘满天，车厢里像蒸笼一样，热得让人透不过气来。十一点半，汽车终于到达终点站。三山挑着箩筐，顺着路标箭头所指方向朝沿江师范学校走去。没走一会儿，头上、额上、脸上，汗水一股股不断线地往下流。上衣很快就湿透了。顺着路标大约走了两三千米，见一条小溪，最宽处也只有十几米，在此注入滚滚长江。小溪和长江间夹着一个半岛。岛上参天大树葱葱茏茏、层层叠叠，隐隐约约可以看到教学楼——对了，那应该就是师范学校。到了，快到了！三山加快脚步，肩上的担子也似乎轻了许多，天也仿佛没那么热了。三山顺着小路走向过河码头，码头边竖着一木牌，上书"驴溪渡口"，一条木船静静地停靠在那里。三山上船，艄公几篙就将他送过了河。爬一段陡坡，上到一个平坝，左面是一排高大的龙眼树，长势正旺，正面有四根斑驳的柱子突兀在那儿，应该是校门。前面树荫下站着一群人，见到三山，有人立马迎上来："是来报到的新同学吗？"

"嗯。"

"欢迎欢迎！我们是八六级的，专门在这儿迎接你们。"

一个高大的师哥接过三山肩上的担子。

"哪个班的？"

"三班。"

"跟我走，我带你去。"

师哥在前面带路，三山东张西望，紧随其后，穿过操场，来到一幢古香古色的二层老式教学楼前。墙上用工整的楷书写着"学高为师，身正为范"。从侧门进去，第一间教室门牌上写着"八七级（三）班"。

刚到教室门口，从教室出来一女生，穿着白底红花收腰连衣裙，清秀柔顺的长发用手绢束在脑后，一米六左右高，不胖不瘦，皮肤似大雪过后的白萝卜——白净、水灵，一张灿若桃花的脸白里透红，大有吹弹即破的感觉，一双黑黝黝、水灵灵的大眼睛能传情，会说话。她对着三山莞尔一笑，飘然而去。三山目光追随了好久。

踏进教室，一个小麦色皮肤、齐耳短发、发尾稍卷、单眼皮、小眼睛，身材中等偏瘦，约摸20岁的女老师，笑容可掬地迎接三山："欢迎欢迎，辛苦了！赶紧坐下休息一会儿。"

"我姓张，是你们的班主任。今后我们就一块儿学习了。你叫什么？"

"周三山。"

"来！你亲自写上。"张老师示意三山在登记簿上填写自己的信息。

"字写得不错哟！今后可能该你办板报哟！"

算啦，信不得，我的字有时连我自己都认不得。三山心想。

"今天只是报到，明天正式行课。你住217寝室。到寝室收拾好床铺，处理好自己的事，再熟悉一下环境就行了。麻烦你带他去，好吗？"张老师对刚才带领三山的同学说。

"没问题，走！"师兄朝三山一挥手，挑起箩筐就走。

走到217室，门是关着的。师兄敲了敲门。门"吱呀"一声开了，一个一米七左右，皮肤黄乎乎、油亮亮，剪着学生头，前额头发齐眉像顶着一绺黑布，上穿白的确良短袖衬衫，下穿蓝布长裤，脚穿白网鞋的同学，一手扶门，一手扶门框，一副不让进的架势，问道："找谁？"

其余五人有的坐在床上，有的躬身整理床铺，都齐刷刷扭头看向门口。

"你们寝室的新同学，我送他来。"师兄指着三山。

"哦——快点儿进来，就差你了。"

"师兄，谢谢！你去忙吧。"

"不用谢！没事我就去接其他同学了，再见！"

室友们围上来，七手八脚帮三山把东西拖进寝室。

"就剩这张床了，靠窗，好位置，上下铺随你挑。"刚才给三山开门的室友说。

"上铺吧。"

室友们有的给三山铺床，有的把水桶、脸盆给三山放到床下，有的把暖水瓶、箱子给三山归置到壁柜里，很快就收拾停当。

"你好！我叫黄德福。来自西江。昨天上午到的。217室代理室长。你给大家自我介绍一下吧。"

黄德福，得福，他爸也太直白了吧！三山暗想。

"大家好！我叫周三山。门吉周，三山，一二三的三，大山的山。我在家排行老三，父母希望我像大山一样，所以给我取名周三山。名字不好听，土得很，唯一的优点就是好写好记好认。我脑壳简单，这个名字适合我。我来自双峰。请大家多多关照！"

"听说，你预考全区第一，正考师范类第一。天才级的，还说自己脑壳简单，太谦虚了吧！"黄德福说。

"就是就是。"大家附和着。

"运气好，撞上的，不值一提。"

三山回头打量其余五人，有一个三山认识，初中的同班同学曾有才，一米八的大块头，阔臂方肩，虎背熊腰，看起来很有男人味儿，很威猛，可一笑就用手捂着嘴，一副媚相。

只要谁说"哇！太娘了，想吐"，他就会用兰花指一指说声"去你的"，然后照样捂住嘴"嘻嘻嘻"地笑。三山预考全区第一的信息估计是他提供的。就他嘴快，可三山一点儿也不生气。

"我叫陈实。新安来的。在家排行老十，我妈说我爸不够老实，希望我别像我爸，所以给我取名陈实。"陈实是随他爸不老实，还是遂他娘心愿老实，有待观察。但这家伙吸天地之精华，日月之灵气，长得眼睛大、眉毛浓，圆溜溜的脑袋上头发又黑又密，双眼皮，鹰钩鼻，就一个字：帅！

"我叫苏静。来自云岭。我知识很渊博，请大家今后多多帮助我。"陈实口水笑喷到地上，曾有才捂住嘴"嘻嘻嘻"直笑……小苏真那么高调？从他后来说小别"野"呀，把"肘"读成 cùn 呀推测，他当时是想谦虚一下，说自己知识浅薄，却表达成那样。另外，苏静这名字不看人的话也太容易让人误解了。可能是他老爸老妈太想有个女儿了。苏静让人过目不忘，绝对是武侠小说中武林高手的模样，仙风道骨——骨瘦如柴，像根竹竿；高颧骨；一笑眼睛眯成一条缝。

"我叫刘安安，来自龙山，喜欢运动。"说完，双手握拳，向上用劲儿一举，和头成"山"字形，炫了一下他的肱二头肌和胸大肌。他属于"穿上衣服显瘦，脱了衣服有肉"的类型。

"我叫周正华。就住在学校旁边，欢迎大家去我家玩。"

大家东拉西扯闲聊了一阵，三山突然想起在教室门口碰到的女生，对大家说："刚才我在教室门口碰到一个妹妹，美若仙子，要不要去看看？"

大家一齐喊："走！"

七人带着期盼，各怀鬼胎，浩浩荡荡，直奔女生宿舍。门卫拦住不让进。

陈实对门卫说："我找人。"

"找谁？"

"同学。"

"叫啥"

"李会。"

"我去帮你喊出来。"

…………

"没有李会!"门卫大声说。

七人灰溜溜地走了。

"你怎么说叫李会?"

"我随便说个名字,万一就让进了呢?"

"哈哈!你娃灯多①!没人理会还差不多。"

大家说说笑笑,依然恋恋不舍地在女生宿舍外转圈。

陈实说:"要想进去,除非变成耗子。"

然后,大家围着食堂、澡堂、教学楼、操场、礼堂、老师宿舍楼、附小、农场各处溜达了一圈,大约耗时两小时。

国家每月发给每人32斤饭票,45元钱菜票。

陈实打探过,三食堂比一、二食堂宽敞漂亮、干净大气。"听师兄们说,三食堂的师傅要大方点儿,重要的是打饭菜时手不抖。"天不怕地不怕,就怕勺勺抖三下。217寝室的人都去三食堂,而且三食堂挨着开水房,吃饭、洗澡、打开水都方便。

今天人人洗完澡,都拎一壶开水回寝室。

10点熄灯。9点50分,刘安安脱掉外衣,穿个裤衩,站在床上秀健美,一会儿展示胸肌,一会儿展示背阔肌。灯一灭,他脱掉裤衩一扔,赶紧用毯子遮羞,他原来是个

---

①灯多:川渝方言,意为主意多。

"裸睡狂"……

窗外，月光如银。除黄德福外，其他都是来师范学校的第一夜，有的还是第一次离开父母，兴奋、忐忑、思念，五味杂陈，"窸窸窣窣"在床上翻转的声响彼此都能听到。黄德福率先打破沉寂："三山，没睡吧？"

"嗯。"

"能问你个问题吗？"

"说吧。"

"你这么好的成绩，分数考中专都绰绰有余，为什么不考中专？"

"是呀！"其他人也疑惑。

真是哪壶不开提哪壶！这是三山最不愿提及的事儿，是钉在三山心上的刺。三山有一个大学梦，而且是名牌大学。然而，家里实在是拿不出钱供三山上高中。不上大学，至少也读中专，进入城市吧。当老师，到区乡，一辈子还要面对叽叽喳喳的小孩儿，三山从未想过，也不愿意。然而父母最大的愿望是希望儿女跳出"农门"，拥有城镇户口，能从祖祖辈辈脸朝黄土背朝天的境地里走出去，按月拿工资，吃公家饭，过"楼上楼下，电灯电话"的生活。三山每次考试，成绩都不拔尖，能不能考上中专家人心里也没底。所以，填报志愿的时候，家人强行要求三山填报录取分数线低于中专20来分的中师。

沉默了一阵，三山幽幽地回答："家人的意思，也是命！"一声长叹。

"不准讲话！静息啦哈！"值周老师在门外招呼。听到老师远去的脚步声，大家继续聊。

晨 练

　　昨晚聊得太迟,刚睡着不久,起床号响起。楼道里马上响起"嘟嘟嘟"的哨声。值周老师一边吹哨一边大声喊:"起床啦!起床啦!"

　　瞬间,便听见敲门的"呼呼"声、面盆碰撞的"嘣嘣"声,下楼的"咚咚"声。看见还赖在床上的,王老师会大喊一声"还不起来",然后掀开毯子,手高高举起,怒目圆睁,一副要打屁股的样子。这时,床上的人一定会吓得屁滚尿流,连爬带滚。王老师人称"小钢炮",身高只有一米五几,一身腱子肉,以勇猛善战著称。以前由地痞流氓组成的好勇斗狠的"东江飞鹰队",经常到学校附近晃悠,趁机挑逗、调戏女生。一次正好被"小钢炮"碰上,他一人将一群"飞鹰"队员打得嗷嗷直叫,抱头鼠窜。从此,"飞鹰队"再不敢到学校周边来晃悠了。大家既佩服他又怕他,只要听到他的声音,基本都会立马翻身起床。

　　广播里的《运动员进行曲》播放正欢。穿上运动裤,套上运动衣,脚踏运动鞋,飞奔到操场。操场上已经有很多人在沿着400米环形跑道跑步了。三山和室友们一起汇入奔跑的人流，不到两分钟，400米跑道上人潮形成闭环，踏着节奏，像流动的波涛，发出"嚓、嚓、嚓"的声音。虽不及钱塘大潮排山倒海的气势，但也足够让人震撼。早上的空气格外清新，吹来的阵阵江风饱含湿气，让人倍感凉爽。第一圈，三山脚步轻快；第二圈，心跳加速，血流加速；第三圈，额上开始冒汗；第四圈，脚步沉重，有点儿跟不上节奏。身边一女孩儿极像报到时教室门口遇到的女孩儿，三山想追上去看个究竟。可那女孩儿一晃就不见了。三山咬牙坚持，但有意往边上靠。第五圈跑完，出列，双手撑着大腿，弯着腰，喘着粗气——呵呵！苏静、曾有才已先于他在那儿喘气了！

"你，你……也跑不动……了？"苏静上气不接下气地问。

三人比赛狗喘气儿，几分钟后，呼吸才渐渐匀了。三人沿着操场走。沙坑处，有跳远的。三人排在队伍后边，准备一展雄风。三山先跳，用尽全身力气，比前面的师兄差远了，还弄得脸上、身上满是沙。"哦，呸呸呸！啪啪啪！"他不停地吐沙并拍打身上的沙土。曾有才跑起来像只熊，踏板被踏得"嘭"的一声。曾有才以为自己起飞了，可跳得跟三山差不多远，还摔个狗啃泥，迟迟爬不起来。苏静跟得紧，跳上来正好扑倒在曾有才身上，像熊身上背着一只猴。

"跳那么快干啥嘛？"曾有才翻起来，瞪着眼朝苏静吼。

"我跳快啦！哪晓得你爬不起来嘛！对不起，对不起！"

"对不起个狗屁，像坨狗屎！"

"狗屎好！纯天然农家肥！"

两人一笑泯恩仇。

单杠上，有人在练引体向上。曾有才吊在单杠上，脚不停地蹬蹬蹬，脸涨成绛紫色，牙齿咬得"咯咯"响，可下巴还是没能超过单杠。"我的那个奶娘，我就不信这个邪！"再试几次，一次不如一次，他只好垂头丧气地离开。

三山上双杠，双手支撑，双臂刚一弯曲，就从双杠上掉下来了。"哎哟！我的屁股呀！"赶紧爬起来走开，摸摸屁股，不敢叫出声，怕被人笑。曾有才和苏静在旁边哈哈大笑，幸灾乐祸。

三山给他俩一人一拳，扭头就走。

"赶紧集合做操。"

做完操，就是神圣的升旗仪式。

"沿江师范学校升旗仪式现在开始！旗手就位！"两个升旗手跑到旗杆前，立正、站定。

"全体立正！升国旗！奏国歌！"全体人员都立正、抬头、挺胸、收腹，整个操场队列整齐，庄严、肃穆而神圣！五星红旗迎着朝阳冉冉升起，在江风吹拂下，呼呼作响！

"唱校歌！"

"驴溪岛上的儿女，前进，前进，前进，向着灿烂的朝阳，献出对人民教育的忠诚。我们生活在母亲的怀抱，牢记战斗的光荣历史，热爱教育勤奋学习，团结友爱简朴求实，为了建设四化，我们要用心血浇灌千万棵桃李，为了祖国的明天，我们要永远做个光荣的人民教师……"

校歌激发出大家的责任感和使命感。唱校歌，大家是认真的……

激情与梦想

晨练结束，大家匆匆用过早餐，急忙搬上凳子，到大礼堂进行开学典礼。书记、校长等一众领导在主席台就座。800多名师生安静而整齐地坐在下面。

刘校长致辞：

金风送爽，我们全体师生又相聚在这美丽的校园。我代表学校党委、行政、工会对新加入我们这个大家庭的8名新教师和240名八七级的新同学，表示热烈的欢迎和衷心的祝贺！希望新老师在沿江师范工作愉快，身体健康，生活幸福！希望新同学在沿江师范学业有成，茁壮成长！

我们学校有非常优秀的教师团队，有全国推普先进个人周国培老师，有清华大学数学高才生廖嘉老师，有音乐大师曾瑞老师，有书法大家何孝成老师，有体育名将汤军老师……有这么多名师名家的引领和指导，同学们一定会大有收获，完成学业的同时，兼修我们的品行。

我们是师范学校，何为"师范"？学高为师，身正为范。将来我们是人民教师，我们不但要有丰富的学识，更要有良好的品行。你们的价值取向、为人准则、道德高度、思想亮度以及你们生命内在的芬芳，都将潜移默化地影响你们的学生。只有我们具备正确的"三观"、良好的品行、崇高的修养，才能给我们的下一代做好表率，引领他们成人、成才。我提议重温我们的校训。请全体起立，举起右手，跟我齐诵："学高为师，身正为范。热爱教育，勤奋学习。团结友爱，简朴求实。"

过去的一年，我们在上级主管部门的关心、支持下，通过全体师生的共同努力，240多名八四级的优秀学子全部顺利完成学业，奔赴乡村，奔赴城镇，走上讲台，成为光荣的人民教师。我希望在座的各位同学，像你们的师兄、师姐们一样，勤奋学习，刻苦钻研，为将来走上讲台练好基本功，全部成为优秀的人民教师。到时沿江师范以你们为荣！为了实现这一目标，我希望大家具有：

理想与目标。因为它是我们奋斗的原动力和终极归宿。它让我们每天精力充沛，生命鲜活，让我们有计划，有想法，思路清晰地学习与生活。自信与坚强。追梦的路上不免风霜雨雪，坎坷崎岖，但只要你们有坚定的自信和永不言弃的坚强,搏风抗雨,终会看到雨后的彩虹。

勤奋与拼搏。修行路上有着无尽的苦涩与寂寞。望你们能通过不懈的努力与拼搏,迈过所有沟沟坎坎,到达成功的彼岸!

老师们,同学们,新学年,新气象,新希望,美好未来要我们共同去创造。人生有限,青春美好,我们只有全身心投入工作与学习,才能将有限的人生、美好的青春变得更加有意义。或许秋天不会带给我们永恒的完美和充实,但一定能孕育希望和成果,让我们把秋天作为新的开始,去尽情挥洒我们的激情和汗水,我们定会收获崭新的四季。

最后,祝全体老师工作顺利,家庭幸福!祝全体同学学习进步!祝我们沿江师范明天更美好!

台下响起经久不息的掌声,三山更是热血沸腾。

开学典礼结束,八七级(三)班全体同学在教室集中,分别做自我介绍。三山报到时在教室门口碰到、曾对他莞尔一笑的美女叫英子,三山记住了,并牢牢地记住了。

不一样的体育课

下节课是体育课，不穿运动装上课要被惩罚。课间十分钟，从教室跑回寝室换装上课，得抓紧。

刘安安气喘吁吁跑到操场的时候，上课铃已响完30秒了，全班已经集合站好，40双眼睛齐刷刷看着他。

"100个下蹲。"曾老师命令。

刘安安想说什么。

"做！"曾老师的口气不容置疑，"大家一齐帮他数。"

"1，2，3，4……99，100。"刘安安额上汗珠似豆大，面如红枣，口喘粗气。

"归队。"

"全体立正，全部都有！绕跑道跑五圈，跑完在这儿集合。"

有人磨磨蹭蹭，想少跑，企图蒙混过关。

"最后跑完的，加跑两圈。"曾老师宣布。

大家撒腿就跑，不再磨蹭。

跑完5圈，一个个双手叉腰，弓着身，张着嘴直喘气。

"哎呀！妈呀！遭不住……"然后又是"呼哧呼哧"直喘粗气。

"集合！呈体操队形散开，踏步走……"

"那个同学，你怎么踏的？踏成顺拐了！"大家左看右看。

"就是你。"曾老师走向启红。

"他真的是顺拐哦！"

"立定！"曾老师叫停。

"看我示范：抬左腿，摆右手；抬右腿，摆左手。来一次！"

"左——左——左右左——"启红还是顺拐。曾老师又示范了几次。嘿，你别说，启红顺拐踏步还真协调，别人想学还学不会。同学们在旁边偷笑，曾老师哭笑不得，只好作罢。

"这节课我们学习篮球运球上篮。手掌打开，贴在球上，保持这个手形，前臂上下运动——来，试一试！"

"呼！呼！呼！"运球声有些杂乱。有人的球还丢了。

"停！有的同学是手腕在动，不对！必须由前臂带动。要想球前进，手掌接触球后方——来！试一试！体会一下，找找感觉。"

又是一阵"呼呼呼"的混响。

三山中学打过篮球，运球还算顺利。有的同学就没那么幸运了，球一会儿跑到东边，捡回来没运几下，一会儿又跑到西边，好像在逗你玩，把人折腾得呀——够呛！

接下来是运球上篮。每人一球,在篮球场上来回运球上篮。在哪儿运丢的球,从哪儿捡回来重新开始。一组5回合,共4组。最后,腿迈不开,臂抬不起,只想趴下,但是曾老师一双"含情脉脉"的大眼盯着你,可不敢啦。唉,想死的心都有!

回到宿舍,连饭都没吃就躺下了。第二天大腿酸痛,大便时想蹲蹲不下去,难啊!

女生宿舍的尖叫

开学第三周,女生宿舍发生了一件惊天地、泣鬼神的大事。

下了晚自习,大家纷纷回宿舍。英子俯身从床底下拿拖鞋。她感觉不对劲儿,床下比平时堵得满。她再细看,妈呀!有人!禁不住发出惊恐尖厉的叫声来:"快来人呀!有贼呀!快来人呀!……"一会儿,寝室内外就被围得水泄不通。

"在哪儿?"

"床下。"英子指了指床下。

"拿家伙!把他围住,千万别让他跑了。"大家纷纷操家伙,有的拿竹竿,有的拿小锄头,有的拿扫帚……如临大敌,既紧张害怕,又有点儿亢奋。

"看清楚没有?到底是不是人?"

"是。"

有胆大的,拿着家伙,俯下身再看:"啊,确实是人!"

"快去找门卫。"

去的人刚跑没多久,门卫已经闻讯而来。两个戴红袖章的中年妇女,进屋俯身看了看。确定是个男子!谁也不敢贸然行动,赶紧通知保卫科。一会儿,保卫科来了两个高大威猛的男子,腰挂手铐,手提电棍。他们身后还跟着两个巡逻队员,手拿铁棍。一行人走到床前,俯身看了看,支着电棍厉声喊道:"出来!快点儿出来,再不出来电棍来啦!"

一会儿,从床下爬出一男子,颤颤巍巍,全身发抖。保卫人员一人擒他一只手臂,将他拉起来。除了脸上那颗大大的痣是黑的外,这男子面如纸白,浑身颤抖得更厉害了,像筛糠一样——他像狗一样给拖出去了。

据调查:此人是新生,趁门卫不注意溜进女生宿舍。不知是想偷东西,还是想干别的!进去后,他被堵在里面一直出不来,直到下晚自习。他躲到床下,想等熄灯后溜出来。谁知就发生了开头的一幕。

后来就再没见过此人,据说退学了。

没过几天,又发生了一件事。早读课,二班的同学不在教室读书,全部人簇拥着一个蛮黑蛮黑的大个子往校外走。那人挑着担,里面装着所有生活用品。前边没人牵马,跟的不是八戒和沙僧,而是一群同学。有的跟他握手,有的挽着他,有的在垂泪。更多的是和他道别:"你要好好的。我们会想你的。"

"别怕,你会有更好的发展!"

"记得回来看我们哟！"

"此处不留人，自有留人处。你一身本事怕啥！"

"我们相信你会过得更好！"

"再见！"

他走远了，但同学们还站在那儿，挥着手，踮着脚张望。

原来他是因超龄被举报，被退回原籍。

开学不久，英子就成了男生们议论的焦点：那女生真美呀！眼睛会说话，眉目能传情，特别是她的笑。

男生们经常三五成群地在英子的教室外以闲谈为幌子，眼睛不停地往她座位上睃。

一个姓风的小子，人送外号"风车车"，一张麦粑脸，戴个蛤蟆镜，公鸭嗓，每当看见英子，他便会故意亮开公鸭嗓嚎几嗓。只有这时，英子的回眸是怒视。即使这样，"风车车"仍然会得意大笑，吓得英子赶紧跑！

"风车车"只要从英子教室外经过，便会唱他那句自编自演的"爱你，爱你！别怪我没告诉你……"，边唱眼睛边直勾勾盯着英子。女生们一听到公鸭嗓，马上埋头捂耳走开。

"风车车"跟在英子后面，不知不觉进了三班教室。

"找哪个？"三山瞪着大眼问。

"风车车"猛然一惊，发现自己闯进了别人的教室，但嘴上不示弱，边退出教室边说："你管我找谁！关你屁事！"

三山冲到"风车车"面前："明明看见你脸上有两个不大不小的洞，难道是摆设？为什么不睁开看看这是谁的教室？"

"是你教室咋的？我一没偷，二没抢，你能把我怎样？别在那儿汪汪乱叫。"

"你这狗崽子，虽然没偷没抢，但你那张脸，连你自己也不要？真让人恶心！"

"谁不要脸了？你把话说清楚！"

"谁不要脸你心里没数吗？"

"我没数，你必须说清楚！"

"简直是恬不知耻！"

"风车车"冲上来，抓住三山的衣领，举起拳头："你再说！"

"再说你又能怎样？"三山用力一推，"风车车"后退几步，差点儿摔倒。他急了，像一头雄狮，怒吼着冲上来。大家见形势不对，英子拉住三山，其他人抱住"风车车"。不知谁喊了一声"老师来啦"，大家这才一哄而散。

英子是校篮球队的，每天早上要训练，而且训练的时间比较长，进教室自然就晚。训练完没时间回寝室换衣服，穿着运动装直接来教室上课。由于训练强度大，衣服前胸后背被汗水浸湿，紧紧贴着身体。三山用左手撑住前额，用手指挡住眼睛，假装看书，目光却从指缝间透过，落到英子滚圆滚圆的胸上，心怦怦直跳。

英子坐在三山左前排。三山上课看黑板，经常会不由自主地偷看英子，看她的秀发，看她俏丽的侧脸，看她白皙的脖子……当然不能时间太长，得赶紧把目光移开，怕被别人发现他偷窥的行为。

"英子！走，打饭去。"慕容喊。

不知是英子太专注，还是没听见，没有任何反应。慕容有点儿尴尬，走了。

"德萍，还你书。"英子将书朝德萍扔过去。你说怎么就那么巧？正好砸在慕容头上。

"干啥子哟？"慕容一边揉脑袋，一边回头生气地问。

"对不起，对不起，不是故意的。"英子跑过去，搂住慕容的脑袋，一边揉一边道歉。

"注意点儿嘛。"慕容虽然没再说什么，但脸上仍写满不悦。

慕容音色甜美，爱唱歌，而且唱得好，是班上的文娱委员。大家喜欢和她一起唱歌。这天，文静、雪梅等一群女生围在慕容桌边，唱完《枉凝眉》，又唱《十五的月亮十六圆》。

大家正在陶醉之中，英子站起来，用书敲打桌子："停、停、停！别唱啦！我要做作业。"

文静、雪梅伸伸舌头，跑回自己座位。

慕容嘟囔道："我唱我的，你做你的，大家井水不犯河水。"

英子大大咧咧，说话直来直去，慢慢地，女同学对她敬而远之。其他女生打饭、上厕所，喜欢三三两两，成群结队，手挽手进进出出，唯有英子独来独往。

男生跑到英子面前孔雀开屏的不少，但都铩羽而归，逐渐也只是远观。

但也有例外，那就是三山，他特别喜欢英子耿直的性格。当然，看到那么多人碰壁，三山的喜欢只偷偷埋藏在心里，从未表露过。

除三山之外，还有华子，他认为是天赐良机：一是英子处于孤独状态，容易被打动；二是同学们都不追了，竞争对手少；三是外班的想追，没他近水楼台的优势。

华子把饭菜打好，端到英子面前。

"吃饭了！"

"不吃。"

"吃嘛！我帮你打的！"

"没让你给我打！你不要帮我打，别人会说闲话。"

"同学间帮忙打一下饭有啥关系嘛？没有人会说啥。就是说啥我也不在乎。"

"你不在乎我在乎！"

"吃嘛，打都打来啦！浪费了可惜，你吃嘛！我走远点儿，没人看见。"

新学期，华子早早到校，英子刚找好自己的座位，华子马上抢到她旁边坐好。英子换座位，华子继续跟上，英子也没辙。

同学们看出端倪，私下议论："华子长得长不像冬瓜短不像南瓜，瘦壳叮当，尖嘴猴腮，要身材没身材，要样子没样子，要才华没才华，还想追英子，真是癞蛤蟆想吃天鹅肉！"

"华子是猪八戒娶媳妇——尽想美事！"

"他，做梦吧！再怎么也轮不到他，除非英子眼睛瞎……"

"勇气可嘉！"

"万一瞎猫碰到死耗子呢？！"

"呵呵……"

不管别人怎么说，也不管英子什么态度，华子坚持帮英子打饭、洗碗、值日扫地；英子病了，给她买药。英子上街，他在后面不远不近默默跟着；英子中午不午休，在教室看书，他也假装看书。

"哎，你这样累不累哟？"英子没好气地对华子说。

"不累！我乐意。只要你不赶我走就行！"

"随便你！"

英子每月都有几天心烦气躁。

"冷不冷？"

英子瞪了华子一眼。

"想吃啥不？"

"你烦不烦？"

"别烦，别烦！我不说话了。"

英子想喝水，华子一定会把温开水递到她手里。

英子要洗碗，华子也会抢过去洗，生怕英子沾了冷水。

华子对英子越殷勤,三山心里越不舒服,但华子的付出好像都是白搭,三山感到幸灾乐祸!

烟鬼的结局

215寝室最奇葩。学校不准抽烟，215寝室却有四个烟鬼。本来只有三个，经过潜移默化，威逼利诱，苦心劝导，第四个被他们成功拿下。他们经常关紧门窗，吞云吐雾，过足烟瘾后，打开门窗，将门当作扇子，使劲儿来回推，利用产生的风把室内的烟雾吹出窗外，然后洗手、漱口。再狡猾的狐狸也斗不过猎人。有一天，阿杜过完烟瘾，收拾妥当，美美地躺在床上。刘校长来了。刘校长走进寝室，东看看，西看看，东闻闻，西嗅嗅，然后笑着说："有烟味儿呢！谁抽烟了？"

"没人抽烟！"

"没人抽才怪，这么大的味儿！"

"真没抽！"

"把手伸出来！"刘校长收起笑容，满脸严肃地命令道。

另外两人伸出手，刘校长拉着手看了看，闻了闻。

"你把手伸出来！"刘校长命令阿杜。

阿杜磨磨叽叽把手伸出来。

刘校长看了看，闻了闻："把嘴张开。"

阿杜乖乖张开嘴。

"就是你抽的烟！"

"没有……"

"还要狡辩！手指是黄的，牙齿是黑的，手上还有烟味儿。"

阿杜垂下头不说话。

"把烟交出来！"

"没有啦。"

"真的没有了？"

"没了！"

"我找到的话，处分更严重。"

阿杜不说话。

刘校长开始查找。被子里、枕头下、席子下、柜子里、床下的箩筐和桶全部翻遍，最后从鞋子里翻出一盒烟。

阿杜垂下头不再说话。

原来，他们做贼心虚，习惯性地用食指和拇指拿烟嘴，把烟罩在掌心里。这样抽，看不到烟，最多只能看到烟雾。谁知弄巧成拙，把手指熏黄了，牙齿熏黑了，被刘校长慧眼识破。烟被找出来——铁证如山！

第二天早操，阿杜上主席台做检讨。

其他三个烟鬼当天不在寝室，侥幸逃过一劫！

此后，四个烟鬼办法更高明。抽烟时，门反锁得紧紧的，进门得报姓名，他们在窥探确认后才开门。过完烟瘾，不但把烟雾处理干净，还拿酸浆草在手上搓，放嘴里嚼，用香皂洗手，用牙膏刷牙。据说这样处理后，再闻不到烟味儿。他们还学会了隐藏"罪证"，烟不再放寝室里，而是放在宿舍楼下的竹林中，每次只拿四支回寝室。

刘校长走到215寝室，推了推门，门纹丝不动。他立刻有所警觉，上次搜查烟的经历印象太深了，他不想惊动他们。他走到217寝室，环视了一遍，目光落在黄德福身上。

"你出来一下。"刘校长把黄德福叫到门外，在他耳旁低语了几句。

黄德福来到215寝室门前。刘校长躲在门旁边。

"咚咚咚……"

"谁？"

"黄德福。"

"干啥子？"

"拿书。"

"拿什么书？"

"建军借我的书，说放在床上的，叫我自己来拿。快开门！"

听到有人下床，拖鞋"啪嗒啪嗒"响，然后门洞上的纸团被抠开，一只眼睛在门洞里看了又看，确认是黄德福后，门开了一条缝。说时迟，那时快，就在这一瞬间，刘校长蹿出来，阿杜还没反应过来，刘校长已经挤了进去。一切都晚了，阿杜、宏桥、朱老高、吉祥，四人正在吞云吐雾，被抓个正着。

四人在全校做检讨！阿杜属于再犯，被警告一次。而且刘校长还告诉四人要对他们做不定期检查。

四人从此和香烟说拜拜！

蹦 迪

学校旁边丝绸厂要搞元旦迎新舞会,而且对外开放。同学们听到这个消息,一个个特别亢奋。虽说东江街上有舞厅,但谁也没去过。丝绸厂女职工多,对男多女少的师范学校男生而言,绝对是一次难得的机会。男生们一个个摩拳擦掌,跃跃欲试,盼着元旦节。217寝室决定全体出动,哪怕不跳,去看看长点儿见识也好!

天还未黑,大家就开始收拾打扮。陈实不知从哪儿弄来些黑油膏,挤一点儿在手上搓了搓,然后抹在头发上,沾点儿水,再抹——嘿,头发不但黑得发亮,而且还竖起来了,很有型!黄德福到215寝室借了西装穿上,左看看,右看看,扯扯衣领,拉拉衣袖,拍拍灰尘,生怕哪儿没撑展①,生怕哪儿不干净。刘安安用粉笔灰在白网鞋上抹了又抹。三山用红霉素软膏在青春痘上涂了又涂,直到不明显为止。曾有才从箱底翻出平时舍不得穿的夹克衫。周正华把脸洗了三次,用铅笔在眉毛上勾勾画画。只有苏静没动,

---

① 撑展:川渝方言,这里的意思为平展、整齐。

他说他去只看不跳，不用打扮。

"听说华子想约英子一起去跳舞被拒绝了，有没有谁敢去约？"

大家你看我，我看你，都不吭声。

"陈实。你去！你最帅，去施展一下你的魅力。"

"要得，要得！"大家一齐喊。

"请到了每人招待我一份烧白，每人替我打一天开水。"陈实提条件。

"行！只要你请得到。"

"好！"陈实头一甩，昂首挺胸出去了。

陈实垂头丧气地回来了。

"可惜了哦！我的烧白没人吃了。"周正华一边叹气一边说。大家偷笑。

七个人浩浩荡荡出发，跨进丝绸厂大门。厂区内霓虹闪烁，音乐从房间里传出，一曲《在水一方》凄婉哀怨，缠绵悱恻。步入大厅，粉红的灯光朦朦胧胧；舞池中央的男男女女一对一对在扭动。几人在边上找凳子坐下。听着舒缓的音乐，人人脸上灿若桃花。三山心襟荡漾，脚不由自主随着节奏抖动。

一曲终了，灯光亮起，人潮随即回到边上。座位基本留给女士，男士靠边站着，三山几人也赶紧起身让座。站在三山前面的人很熟悉，三山上前一看，原来是215寝室的朱老高和罗大头。几个家伙来得更早。朱老高人高马大，剪个平头，不知从哪儿借来一套西装。嘿，还真像模像样的！罗大头把嘴上的"茸毛"弄得干干净净，一双眼睛四处张望，像鬼子进村。

"跳一曲没有？"朱老高问。

"我们刚到。"

"跳呀！"

"不会。"

"有什么不会的？跟走路差不多，反正就是跟着感觉走。"

"怕被拒绝。"

"这儿的妹子好请。基本都不会拒绝。"

"走！又开干了，上！"朱老高说完，转着圈走了。罗大头早不见了人影。

"陈实，你上，你最帅！先去试试。"陈实堪比现在的偶像"小鲜肉"，但更有男人味儿。

"上就上。"陈实向上抹了抹头发。

"曾有才，你这么高大威猛，也上呀。"

曾有才用手捂住嘴"嘻嘻"直笑："不敢，不敢！"

"黄德福上呀！"

"等一曲再说。"

陈实回来时显得有点儿沮丧。

"怎么了？"

"我请那个妹儿也不会跳，不是我踩她，就是她踩我。难受！"

"哈哈哈哈……"

下一曲，陈实再接再厉，继续出击。黄德福走到一女生面前，彬彬有礼地一伸手，顺利让女孩儿起身，两人滑入舞池。刘安安学着黄德福的样子，弯腰伸手，去请旁边的女孩儿。可女孩儿抬眼看了看他，没动。刘安安尴尬地退了回来。

"你知道你为什么没请动那个姑娘吗？"黄德福问正沮丧的刘安安。刘安安摇摇头。

"上一曲我就在观察那两个女孩子。我请那个，上一曲请她跳舞的男孩儿条件还不如我，我有信心！而她旁边那位，上一曲别人请她就没跳。而且看样子估计个头比你还高。所以你请不起来。"

黄德福的分析不得不让人佩服。老辣！他做事总是事先观察、判断、评估，有的放矢。他做任何事情成功的概率都很大。他接着鼓励刘安安："别灰心，你先观察一下，瞄准机会再上！"

三山因为脸上的痘痘，鼓了几次勇气，终究没敢上。

曾有才光是捂着嘴"嘻嘻嘻"地笑，也没敢上前请女生。

苏静坐着压根儿就没动。

又过了几曲，音乐突然变成了"迪斯科"，所有人开始躁动：甩头、送胯、跳跃、尖叫……疯狂发泄。三山、曾有才、苏静也被感染，汇入疯狂的人群。甩臀，送胯，跳跃，摇头晃脑……所有人忘却一切，尽情释放，直到大汗淋漓……

大约过了一二十分钟,"迪斯科"停止,音乐变得舒缓,一对对男女又开始相拥起舞,呢喃细语。

另外四个家伙已不见人影,三山、曾有才、苏静没勇气去请女士跳舞,坐了一会儿,只得先行回校——让他们"乐不思蜀"吧!

别样的考试

元旦节余兴未尽，期末悄悄来临，整个学校被紧张的气氛笼罩：操场上没人打球了；三三两两散步的也没了；上课下课，跑步前进；晚自习安安静静，认认真真看书；下晚自习还要把书带回寝室，挑灯夜战……

黄德福搁好书，将开水倒入脸盆，拿桶去卫生间接冷水。等他提水回来，5张洗脸帕已经在他脸盆里搓洗了数次，水面上漂浮着厚厚一层油泡泡。他大喊道："你们……你们太要脸了吧！我都还没洗，你们就都洗了——天老爷，收了这帮家伙吧！"

"你是室长，带头为大家服务，好样的！我们服你！下学期还选你当室长。"陈实说。他已经很长时间没去过开水房了。

"你为人民做好事，人民是不会忘记的！"周正华说话很有高度。

"辛苦你一人，干净大家脸，幸福全寝室，值！"

"我呸！今后我也不打了。"黄德福愤愤地说。

"我洗冷水，更健康。就是不晓得有些人遭得住，还是遭不住？"陈实眯着眼，昂着头，挑衅地看着黄德福。他知道黄德福是油性皮肤，必须要洗热水。

"我两三天洗一回也没关系。"刘安安说。

"各位施主，别闹了，抓紧时间看会儿书吧！阿弥陀佛！"苏静一脸苦相。他是贫困山区定向生，调档线比正招线低30分，但进校后就不再区别对待。三科不及格留级，两次留级退学，他压力很大。每到期末，他都焦头烂额，心乱如麻，六神无主。

周三山回寝室先看书，等大家都折腾完了，临近熄灯，才拿着脸盆，提着暖壶，去卫生间洗漱。

熄灯后，值周老师要查房。大家用被子捂住头，打开手电筒，在被窝里偷偷看书。特别是苏静，经常看到凌晨。

大家最害怕的是化学。全年级的考题都由曾良老师出。曾良老师是出了名的怪人。他50多岁，一米八几，秃顶，鹰钩鼻，听说是名牌大学的高才生，因为口无遮拦，恃才傲物，"文革"中被批斗，后到师范学校教书。他认为自己是旷世奇才，只是怀才不遇，所以牢骚满腹。为了证明自己才高八斗，他每次故意把考题出得很难。他说："这次至少一半的人要补考。"

我的天！还让人活不？大家心里骂归骂，还得抓紧一切时间看书。

然后是地理。虽然心中装着地图，但各地的风土人情、特产、矿产资源……让人头疼。关键是老师从不限定考试范围，整本书，包括每一个不起眼的角落，你都得认真看，牢牢记，否则，会措手不及。太难啦！有聪明人找到了方法：地理老师给人照相，多去找他照相，补考概率小点儿。不知是真是假？但每到考试前，找他照相的络绎不绝。经过商议，217寝室两手准备，以防万一：一是大家认真复习；二是去拍集体照，然后每人再拍单人照。这样，老师才会印象深刻。结果217寝室还是有两人补考。看来照相就能过关纯属谣传。想投机取巧，没门儿！

体育考短跑、投掷、跳远、引体向上（女生考仰卧起坐）、三分钟运球上篮。先天素质好的，只练习一下运球上篮就行了，其他基本不用练。而先天条件差的就惨了：早上起得比鸡早，晚上熄灯还在操场"呼哧呼哧"苦练。测试项目虽然提前一个月公布，可除了运球上篮通过练习能立竿见影外，其他几项都不是一会儿半会儿能练出好成绩的，特别是短跑。大家想了很多办法：打掩护，转移老师视线，让同学偷跑、领跑。给后进者呐喊加油。即便如此，还是有不少人没达标。女生被考哭的不少。引体向上身体不许晃动。如果晃动起来顺势上拉，要轻松点儿，能比正常水平多拉一两个。此项考试排在最后，如果你已经很努力，但总成绩加起来及格仍困难的话，老师也会手下留情：你身体晃动就晃动吧。

音乐考试唱、练耳、弹琴和歌曲演唱。歌曲演唱好办，反正都选自己拿手的唱。练耳即使某个音没听清，拿不准，也可以根据前后蒙，或偷偷瞄一眼别人的。视唱就难了，音乐老师把视唱曲子写在纸上揉成团，一个一个到他面前抓阄定曲目，再演唱，要想蒙混过关根本不可能。只能老老实实，对着蚯蚓一样的五线谱，掰着指头认真练习。至于弹琴，三山手指笨拙，平时又不爱去琴房，即便期末起早贪黑练，考试仍然紧张，幸好其他几项加起来刚刚过 60 分。

考试结果是几家欢喜几家愁。化学补考的最多。有补考一科的，也有补考两科的，少数补考三科。唯有英子，门门优。无论结果如何，考完胡吃海塞一顿是必不可少的，也算犒劳一下自己吧！

俩宝贝儿

八七级（三）班的男生一直抬不起头，因为运动会上，主要是女生拿分，男生几乎拿不到分。特别是女子800米、1500米、5000米跑，冠军被金凤一人包揽。金凤身高腿长且精瘦，跑起来轻盈，如一阵风，一会儿就绝尘而去，把对手远远甩在身后。而且50米、100米短跑她也有冲冠实力。别班女生只能干瞪眼。更让她们气愤的是：三班还有几个女生有冲击二、三名的实力，某些项目，冠、亚、季军都被三班包揽，让其他班的女生郁闷不已。其他班正好相反，主要是男生拿分。所以其他班的男生在三班男生面前趾高气扬，对他们不屑一顾。真正让三班男生扬眉吐气、抬头做人的就是俩宝贝儿。

小宝贝儿美文，进师范学校还未满14岁，个头瘦小，一脸稚气，背上书包，进六年级教室也绝不会有人怀疑。他是全年级最小的，所有人都把他当小弟弟，女生对他不设防。

美文一鸣惊人，是在冬季15千米越野赛上。过半程，很多人就迈不动腿，干脆慢慢走，校门口的小坡，大家都是手脚并用往上爬，一过终点线，很多人就倒下了。嘿！美文不但跑完全程，还拿了年级第四名，而且照样活蹦乱跳！小身板，大能量！大家对他刮目相看。

每天中午大家都在休息，唯有美文像打了鸡血似的，不是埋头写字就是练习普通话。四川人说普通话，经常平、翘舌不分，前、后鼻韵弄不明白。他就把常用字一一归类，便于读记。

"美文，你整理的笔记借用一下。"英子说。

"我也要借。"慕容说。

"装怪！"英子小声嘟囔。

"难道就你能借我不能借？"英子的嘟囔被慕容听见了，回敬道。

美文左右为难，只得说："正在整理，整理好以后再借给你们。"

功天不负有心人。一年后，美文的书法获全省三等奖，参加全县普通话大赛得了一等奖。

元旦晚会，主持非他莫属。

"英子，我这出场要得不？"美文练习台风。

"抬头，挺胸，收腹，转体不要太随意，眼睛平视观众。"

美文继续练。

"声音再有力点儿！"

"好！好！越来越好啦！"英子赞叹道！

"不行！太做作了。放松，随意点儿，这样更有亲和力。"慕容说道。她摆明和英子杠上了。

"我回寝室练。"美文一溜烟儿跑了。

美文穿着白衬衫配红领带，上了腮红和口红，两道剑眉。嘿！真精神！人靠衣装马靠鞍，比平时帅多了。他抬头挺胸收腹，健步走到舞台中央，举起话筒："老师们！同学们！大家晚——上——好！"台下响起经久不息的掌声。英子巴掌拍得响亮，满脸欢笑，乐得合不拢嘴，眼睛闪闪发亮，满满的欣赏。慕容把巴掌拍得更响，更久，大有压过英子的意思。

主持几台晚会后，美文有了一大批学妹粉丝。她们有事无事总爱围着美文求指导发音，朗诵的停顿，声音的抑扬顿挫……这让男生们不仅羡慕，还有点儿嫉妒和恨。

美文后来当选学生会主席，并负责学校的播音工作。他的声音浑厚有力，极富磁性。和美文搭档播音的正是他的粉丝之一，八八级的学妹，名叫小晓，白白的，瘦瘦的，走路像风，飘来飘去，说话细声细气，极其温柔，而且还嗲嗲的，男人听了心里暖暖的，柔柔的，无法抗拒，总想去保护。

播完音，小晓问美文："我有读错吗？情感到位没？"

"很好呀！"

"哎呀！你在应付我，认真点儿嘛！"小晓柔柔嗲嗲又带撒娇的声音，美文抗拒不了。

"我是认真的呀！"

"如果你是认真的,就给我指出问题嘛。"小晓说完,柔情似水地看着美文。

"很好!真的!唯一值得注意的是:语速得有变化,不能一直慢!"

"谢谢师哥!"

"不用谢!"

"师哥!你普通话这么好,是怎么练成的?有些什么方法?能不能告诉我?"

"没什么方法。就是多说,多记,多听新闻联播。"

"你不老实。"

"我怎么不老实了?"

"我打听过,你为练普通话,自己收集和整理了很多资料。可以借我用一用吗?"

"哦!你说那个呀!当然可以!"

为表感谢,小晓每天都会带零食到播音室,播完音后与美文分享。小晓拈起一粒花生米,送到美文嘴边:"来!师哥!张嘴!"

"我自己来!"美文想用手接过花生米。

"不嘛!不嘛!"小晓扭动身子,撒娇地说。

"那你把花生米抛向空中。"

"干什么?"

"你抛嘛。"

小晓向天上一抛。

美文仰起头,张开嘴,左右摇晃,调整角度,准备把花生米接入口中。哎！偏了，没接住。

"哈哈哈哈！"

"再来！"

小晓又将花生米向空中一抛。

美文起身，张嘴，调角度。"嗞"这次稳稳接住了。

"哈哈哈哈！"小晓笑得前合后仰，"我家小狗最擅长这招。"

"嘘！小声点儿！小声点儿！谨防门外有耳。"

除了共享零食，他们还要聊天，内容从播音到文学，再到生活、人生……

情愫在不知不觉中滋生……

一日不见，心里空落落的。

不见小晓，美文会以学生会主席的身份到小晓班级检查工作，只为能看一眼小晓。

不见美文，小晓会反复从八七级（三）班教室门口经过……

聪明绝顶、想尽办法阻止学生恋爱的刘校长，万万没想到，他的爱徒，得意门生，就在他眼皮底下，在播音室暗生情愫……

大宝贝儿叫木子，高大帅气，不善言谈，喜欢把小说藏在抽屉里偷偷看。有时也逃不过老师锐利的目光，小说被收走过，但没影响他看书的热情。他会再接再厉，继续偷看。

二年级下期，木子引起了轰动。

"嘿！知道不？木子的小说发表了。"

"真的？"

"当然真的啦！你看。"同学拿出《中师报》。

报纸在班上、学校快速传阅。

"看他三天不说两句话，悄悄干大事。"

"写的爱情童话故事！写得好浪漫！哈哈！典型的闷骚男！"

"写得很有趣，很感人呢！童话里的爱情真美！"

"木子好有型！好有范儿！"

"你不会是喜欢上他了吧？"

"哼哼……"

班上的女生喜欢找木子借书。只要英子借了，慕容一定会借，而且必定是同一本。

操场上，三个八六级的师姐手挽手地走来："大作家，又有什么新作？拿来看看！"师姐们目光挑逗，一脸坏笑，羞得木子脸红脖子粗，手脚不知往哪儿放，半天憋不出两句话。

"有没有嘛？"师姐的声音哆哆的。

木子头埋得更低了，眼睛盯着地面，脚尖在地上使劲儿钻。

"嘻嘻嘻……明天再来找你。"三个女生觉得很有趣，边走边笑还互相说着什么，偶尔回头一笑……

害羞的男孩儿就那么讨女孩儿喜欢吗？！

木子陆续有文章见诸报端。

新来的团委书记筹建文学社，木子因为发表作品多，击败竞争对手，当选绿岛文学社社长。

文学社主办的《摇篮》是沿江第一份校园报刊，引起强烈反响，连沿江县委宣传部也高度关注。

后来沿江撤县建市，创办《沿江日报》，就是以当年绿岛文学社成员为班底创建的。那是后话。

历劫了无念

日子过得忙碌而充实，谁也没料到，灾难已悄悄临近。

陈实生日，邀请同学们到小食堂聚餐。

事前三山专门询问校医："我这脸能吃花生不？喝酒行不行？"

校医肯定地回答："没关系，随便吃。"

一盆蛋汤，一盘回锅肉，一盘鱼香肉丝，一大盘花生米，一盘青菜，啤酒管够。虽然吃这一顿只需要几元钱，但对大家来说显得极为奢侈。多数人的钱兜比脸还干净。陈实哥哥姐姐多，是家中的幺儿、父母的心肝儿，父母要求每个哥哥姐姐每月必须赞助3元钱，陈实日子已经过得比较舒坦，再加上他人帅嘴甜，玉霞同学心甘情愿且无怨无悔地把自己省吃俭用省下的菜票"偷偷"放入陈实的抽屉里。陈实佯装不知，坦然用之。所以只有他过生日敢请客，其他人敢想也不敢干。三山两个姐姐都工作了，每人每月寄来5元钱，用来支付每月回家的车费，买肥皂、牙膏、牙刷、白网鞋等生活必需品。但三山的日子还是紧；

菜票不够吃，冬天连袜子破了也舍不得买新的，夏天冰棍也舍不得吃。更别提那些家庭困难的同学了，父母一分钱没给，就靠春节几块压岁钱过日子。而且很多父母认为，自己省吃俭用、含辛茹苦供孩子读书，已经很不易，孩子现在已经是国家的人了，国家管吃管住，没有理由再给钱。

"七仙姑陪你，八仙要过海，九九艳阳天……"陈实和朱老高猜拳你来我往已有十来个回合，还未分出胜负。

旁边的齐喊："加酒，加酒！"

又战了五六回合，酒加了两次，才分出胜负：朱老高输了。

大家一齐喊："喝！喝！喝！"

陈实赢得爽，仰天长"笑"。

朱老高哀叹一声，端起酒杯一饮而尽。

英子、慕容和玉霞坐在旁边，笑眯眯地看着大家猜拳。

"英子、慕容、玉霞，你们也来！"朱老高喊。

"我不会。"英子边笑边摆手。

慕容说："她来我就来。"她指了指英子。

玉霞只笑不答话。

"真的？"英子看着慕容问。

"绝对真的！"慕容回答得很干脆。

"来起！来起！"大家起哄。

"好，来就来！但我不会猜拳。怎么办？"英子笑着问。

慕容冷眼旁观。

"不会猜拳就猜子儿！"大家继续起哄。

"猜子儿也不会！这样吧，我先敬寿星一杯，再敬大家一杯，怎么样？"英子说。

大家都想看女生喝酒，齐声答道："行！"

"祝你生日快乐！天天开心，越来越帅！投球个个进，考试回回 59！"英子说完，举杯抬头一饮而尽。

"好，这个祝福好！哈哈哈哈。"

慕容看英子敬完，也不示弱，端起酒杯："Happy birthday to you！ Go！"慕容也一口干掉了杯中酒。

女生参与，大家更来劲儿了。不会猜拳的就猜子儿、敲棒棒儿、玩石头剪子布……参与为荣，逃避可耻，直至熄灯号吹响才罢！

数日后，三山本来只有两三个痤疮的脸，一下子冒出七八个，又大又红，像平原上的小山，格外显眼。三山觉得很难堪。"校医，庸医！"三山在心里暗骂。他觉得无脸见人，找来一颗锈迹斑斑的针，在石头上磨几下，也没消毒，对着镜子将痤疮挑破，用力挤压。鲜血喷射而出，疼，真疼！三山擦干血迹，休息一会儿就去打球了。

过些时日，痤疮不但没减少，反而越来越多，而且开始不停地流脓。三山任学生会劳动部部长，要到各班检查清洁卫生。

"这个样子怎么见人啊！"他想。他拒绝参加学生会活动，害怕别人惊恐、怜悯的目光。后来干脆拒绝参加一切集体活动，上课也要等响铃几遍以后才从寝室跑到教室，进了教室就不再出门。

炊事员嘲笑三山："你这样子好吓人啰！看你还怎么当老师！"

同行的曾有才怼炊事员："关你屁事！"

回到寝室，三山的眼泪悄悄地滑落。他不愿去食堂打饭，曾有才默默地把饭给三山打到寝室。

班主任张老师见三山情绪低落，安抚道："青春痘，正常的，别太在意。"安抚多次无效，便安排他请假回家医治。

三山二姐在医院当护士，带他找皮肤科教授看病。

"重度感染！"教授说。

开了内服药和外用药。

当晚，二姐领三山去宾馆住宿，服务员不给三山开房，说："客人会害怕。去别家吧。"这简直就是往三山伤口上撒盐。

药用完情况也未见好转。三山的大姐又带他去重庆主城的医院找皮肤科专家看。

给三山看病的是一位老医生，和蔼可亲。他看完后，背着双手在办公室来回踱步，嘴里不停念叨："我也没见过这么严重的，用什么方案治疗，才不会留下疤痕呀？怎么办呢？"最后像是下了很大决心，才给三山开好处方。

三山回到大姐工作的镇医院，输液、敷药、吃药。

三周后，医生告诉三山可以出院回校了。他好高兴，可当他对着镜子一照，吓了一大跳："这还是我吗？满脸红疤，还凹凸不平，天啦！"他把镜子摔得粉碎，泪水滑落，心似坠入大海，越来越沉，越来越暗。

三山怀着悲伤的心情，拖着沉重的步子，回到宿舍。同学们以为三山治好病回归了，高兴地赶紧围上来，可当大家看到三山，瞬间由兴奋变为惊愕。三山读懂了很多，很多……他的心在滴血，在抽搐，他的痛，无以言表！

操场上，惊疑、怜悯与同情的目光刺入三山的骨髓！

一次在楼梯间，一个人从楼上冲下来，手肘狠狠撞了三山一下，三山感到一阵剧烈疼痛，那人连歉意都没表示就走了。三山没敢找他说理，生怕引起围观，自己只能委屈地回到宿舍。

三山最难过的，还是英子变得可望而不可即了。18岁，风华正茂，情窦初开，心爱的女生就在面前，自己却容颜毁损，失去争取的机会。三山好绝望，好绝望！人最可怕的，就是失去希望。没有希望，就像没有太阳，让人寒冷彻骨；没有希望，就像没有空气，让人窒息；没有希望，就像没有水，让人干枯。

夜深人静，三山躲在被窝里伤心落泪。

次日清晨，负责检查出操的老师发现三山还躺在床上，发现他双眼肿得像核桃，大惊。

"傻孩子！有什么坎儿迈不过呀！"

韩老师带三山去看老中医，天天把药熬好端到教室让三山喝，时常关切地问三山："冷不冷？有没有啥需要？"

王老师告诉三山："少吃辛辣、刺激、油腻的，食堂不方便,到我家来吃。"

曾有才一直坚持给三山打饭。

寝室的镜子全部消失……

飞走的爱情鸟

三山伤口接近愈合,时间已到实习季。

三山、吉祥、英子,被分在同一实习小组,教四年级。经过反复试讲,他们随全班踏上去新场小学实习的征程。时值春末,阳光和煦,花团锦簇。

三山、吉祥、英子被分在四(二)班,先见习一周。踏进教室,在班主任周老师的带领下,同学们响起了热烈的掌声。

"请三位老师给大家做自我介绍。"周老师说。

再次掌声雷动。

不知是激动还是紧张,吉祥满嘴"川普":"大家好!我叫吉祥,今天开始,和大家共同学习。我喜欢打乒乓,希望大家喜欢我。""乒乓"二字用"川普",怪怪的,同学们大笑。

"有什么特长?"有孩子问。

吉祥愣了一下,低头看了看自己,举起右手挥了挥:"我衣袖特长。"同学们笑得前仰后合,三山和英子也笑了,佩服吉祥的机智与幽默。

"好，下面做第四单元测试卷！"周老师宣布。同学们马上安安静静做作业。

"我正好教完第四单元。两张测试卷完成以后，就该你们上了哟！"周老师告诉三山他们。

数学老师姜美美的示范课上得挺好，令他们收获颇多。她讲平均数，创设生活情境：用两组踢毽子比赛的数据，让同学们讨论，找出最合适的方法求平均数。同学们小组合作，动手动脑，讨论积极，用不同的方法求出了平均数。小组展示自己求得平均数的过程，选出最佳方法。最后，姜老师以"移多补少"的思维方法，帮助孩子们理解并掌握求平均数的方法。巩固练习中，姜老师用班上男、女生的两组身高数据，让孩子们用最快的办法求出男、女生的平均身高。对于这些来自孩子们身边，跟孩子们生活紧密相关的例子，孩子们很感兴趣，也很容易理解和接受。

总之，她的课堂教学目标明确，重难点突出，突破重难点方法得当，教学内容丰富，生活味儿浓，教学效果很好，很值得四（二）班实习小组学习。

下午放学后，四（二）班实习小组聚在一起讨论当天的得失以及明天的教案。

"三山，明天你上语文，好吗？"英子温情地看着三山问道。

"可以呀。"三山躲开英子的目光，爽快地回答。

"我上数学，吉祥上体育。"正说话间，华子拿着两个苹果闯进来。

"来，英子，给你。"华子将一个苹果递给英子。

"不要！"

"拿着嘛！专门给你送来的。"

"专——门——给——你——送——来——的——"吉祥拖长声音学一遍，斜眼蔑视着华子，"重色轻友的家伙，瞧你那德性！"

"两个分成四块儿，正好每人一块儿。"

"我不吃，我不是美人。"三山边说边走，听似开玩笑，实则吃醋。

"三山，英子呢？"华子急切地问三山。

"我又不负责给你照看她！我怎么知道？"三山知道英子在姜老师那儿，就不告诉他。看到华子焦急的样子，三山心里偷着乐。

每个周末，姜老师都请英子到她家吃饭，每回施老师都在场，而且总是忙前忙后的，英子觉得很奇怪。姜老师说："施老师和我们一家都是好朋友，他又没成家。每个周末我们都会请他来改善一下伙食。"

"哦。"

"施老师人挺好，不抽烟，不喝酒，勤快，工作努力，将来肯定有前途。"

"当然。施老师又能干又热心，确实很不错。"

英子要上一节公开课，施老师正好是她的辅导老师。

"中午到我家里来，我们讨论一下你的教案。"施老师对英子说。

"就在办公室嘛，同学们看见了不太好。"

"那……也行嘛，在办公室。"

施老师尽心尽力辅导英子：教案的设计，细节的推敲，甚至包括哪儿该说什么话，都帮她一一把关。

英子的公开课上得很成功，反响很好。

眼看实习就要结束了。一天吃完饭，姜老师把英子拉到里屋，问英子："你觉得施老师如何？"

"好呀。"

"那你什么想法？"

英子愣住了："什么意思？"

"你没看出施老师很喜欢你吗？"

"啊？！我真的就把他当师长。"

"他真的很喜欢你，你能不能给他个机会？"

沉默。长时间的沉默。英子觉得太突然了，她从来就没考虑过这个问题，因为爸爸妈妈反复告诫她读书不能谈朋友。

"你马上就要毕业啦，已快满20岁啦，可以谈朋友啦。施老师这么优秀，又这么喜欢你，你真的可以考虑一下。"

"我认真考虑一下。我得回家问问爸爸妈妈，听听他们的意见，看看他们的态度，再告诉你，行吗？"

"好吧！尊重你的想法。"

英子今天话明显少了。

"咋的了？美女。不开心吗？"

英子摇摇头。

"都写在脸上了，还不承认。"三山说，"我来读一读，看到底写了些什么？"三山凑近一点儿，装作认真看的样子。

"扑哧！"英子笑了，"讨厌。"

英子把姜老师和她的谈话内容给三山复述了一遍。

"又多一条抢肉的狗。"三山心里骂道，但没露声色。三山嬉笑着说："有人喜欢好呀，愁眉苦脸的干啥子？装的吧？怎么没人喜欢我呢？"

"谁装呀？乱说。再乱说不理你了。"

"好好好！不乱说了，关键你喜欢他不？"

"没感觉。"

"那不就结了？就直接说没感觉！"

"不好吧？他给了我那么多帮助，大家天天还要见面，直接回绝多尴尬呀！"

"那就等回校以后，再写信回绝他。"

"只能这样了。"

"见面不要太亲热哈，你懂的。"

"去！就你话多。"英子假装生气。

"你俩在谈啥子？"华子跑过来。

"谈恋爱！咋的？"三山没好气地回答，转身离开。

"管我们谈啥子！"英子说完也扬长而去。

华子愣在原地。

回到师范学校，英子陆续收到几封施老师的来信。信写得情真意切，表达了对英子的无限思念和真心喜欢。

英子给施老师回复了一封信。

尊敬的施老师：

　　你好！感谢你在实习期间给予我的关心、帮助与支持。你的用心指导，让我获益匪浅。但是，我还小，学习期间没考虑谈朋友。爸爸妈妈也不允许我现在谈朋友。实在抱歉，辜负了你的一片真心。你各方面都很优秀，相信你一定能找到比我更好的！祝你幸福！再见了！

英子
1990.6

一笑泯恩仇

实习完毕,进入复习,迎接考试。

夜里醒来,慕容肚子疼。为了不影响他人,她竭力忍耐着,想忍到天亮再去医务室。可是肚子越来越疼,仿佛有个东西在右下腹窜来窜去,不能摸,不能按,按着有揪心揪肝的感觉,身上也汗涔涔的。她用手背试试额头,烫,发烧了。她心里更加紧张了,疼痛也更加剧烈。她发出痛苦的呻吟:"哎哟啊!哎哟!"

最先被惊醒的是相邻的英子。

"怎么了?"

"肚子疼。"

"严重不?"

"疼得很!"

英子打开手电,看见慕容满脸是汗,眉头拧成疙瘩,知道她病得很严重。英子轻轻推醒文静,文静睁开惺忪睡眼,问:"干什么?"

"嘘!慕容病得厉害。快起来送她到医务室。"

两人快速穿好衣服，扶慕容去医务室。

"开门！快开门！"英子边敲门边喊。

"怎么了？半夜三更的。"值班医生问。

"有人病了。很严重！"

医生开门，指挥她们将慕容放到病床上。

"哪儿疼？"

"这儿。"慕容指指右下腹。

医生用手压一压。

"哎哟！疼！"

"左侧卧，大腿伸直。"医生命令，"右下腹疼不？"

"疼。"

"全身乏力不？"

"乏力。"

"恶心，想吐不？"

"嗯，有点儿。"

医生量了量体温：38.2摄氏度。

"初步断定是阑尾炎。我们这儿处理不了。必须送医院。"

"天冷、路黑，我们两个女生怎么送嘛？"英子急了。

"快去把你们班主任找来。"

英子很快找来了班主任。

医生给班主任张老师通报了慕容的病情。

"我这儿有担架，你快去找几个男生来，立即送医院。"医生吩咐张老师。

"咚咚咚！咚咚咚！"敲门声很急促。217寝室的都被惊醒了。

"谁呀？"黄德福问。

"张萍。"

大家一听是班主任张老师，立刻翻身起床。

"怎么了，张老师？"

"慕容病得厉害，需要你们马上抬到沿江二院。"

"好！"全体响应。

"苏静，你就别去了，你抬不动。"三山说。

"我要去！我可以为大家打电筒。"

大家跑步前进。合力将慕容抬上担架后，三山抬前，曾有才抬后，黄德福扶左，刘安安扶右，其余的打电筒，抱衣服。急行军！

"船老板，快撑过来，有人病了，得马上送医院！"大家在河边朝对岸大声喊。

"好，马上！"船老板点亮马灯，将船撑过来！

风冷冷地吹，身上却在冒汗。轮换了几次，大家终于把慕容送到了沿江二院急诊科。

经过检查、化验，确诊是急性阑尾炎。先输液观察。

待挂好吊瓶，已经是清晨4点了。

"张老师，同学们，现在没什么事儿了，你们都回去睡吧，我在这儿守着她就行了。"英子对大家说。

"你一个人行不行呀？"张老师问。

"行，就是守着吊瓶，液体输完了叫护士，没其他事儿。我能行！"

"好吧，辛苦你了哟！一定要看好哈。药输完了马上叫护士，否则危险。"张老师再叮嘱。

"放心吧，我一定守好。"

"我留下来陪你一起守吧。"文静要求。

"用不着，我一个人就够了。你明天上完课来换我。大家都早点儿回去休息吧！"

"好的。"

"输完液，你也抓紧休息。"张老师告诫英子。

"好，我会的。"

"慕容，别担心，很快就会好的，好好养病！我们走了。"张老师安慰慕容。

慕容点点头。

"我们走了，再见！"

英子紧紧盯住液体，及时通知护士，一直未合眼，到上午 11 点才输完。慕容的病情未见好转。

"谁是病人家属？"医生问。

"什么事？"英子问。

"输液控制不住了，得尽快手术，否则危险！手术要家属签字。"

"没有家属，我是她同学，怎么办？"

"叫你们老师马上来，尽快通知家属。"

做完手术，已接近下午 6 点。

慕容脸色苍白，嘴唇干裂，麻药未过，处于深睡眠状态。

"她现在不能睡，两小时后才能睡，你要一直呼喊着她。"医生吩咐英子。

"好的。"

"慕容，慕容！睁眼看看我。"英子一边呼喊，一边用勺子蘸水滋润慕容干裂的嘴唇。

慕容睁开疲惫的双眼，看了看英子，马上又闭上了，用微弱的声音说："我好困，我想睡……"

"你现在不能睡！慕容，慕容，快睁开眼！"

"我睁不开……"

"必须睁开！"

"我想睡……"

"你不能睡！"

就这样喊着，吵着，坚持着……

6点过，同学们陆续来了。

大家轮流喊着，轮流守护慕容，一直坚持到两小时后，才让慕容睡去。

从昨晚一直忙到现在，英子已极度疲惫。

"我在这儿守着，你回去休息吧。"文静对英子说。

"没关系，我再守一会儿。"

"回去吧，我们那么多人，你还不放心吗？"文静坚持要英子回去。

"好吧,你细心点儿。"

"我知道,你放心吧。"

文静吩咐三山:"三山,你们男生护送英子回去吧,反正你们在这儿也帮不上什么忙,这儿有我和玉霞就够了。"

"好吧,辛苦你们了,我们送英子回去。"三山同文静、玉霞告别。

因为太疲惫,英子走路是晃的。三山几次想上前搀扶,却……

第二天一早,英子又去换文静和玉霞。

慕容除了伤口还疼外,其他无恙。

"辛苦你了!"慕容拉住英子的手,动情地说。

"辛苦什么哟?小事情,别放心上。"

"以前总和你抬杠,是我心胸太狭隘,是我不对。"慕容歉疚地说。

"不存在!哪儿有啊?"

"你既善良,又大度,从今以后,你就是我最好的妹妹。"

"我一直都把你当好姐妹!"

两人的手紧紧地握在一起,久久不愿松开……

同学别哭

冬去春来，花开花落，时光像手中握紧的沙子，在不知不觉中流逝，突然就到了毕业的夏天。好多心愿未了，兄弟却要各奔东西；偷偷喜欢的她，还没表白，就要笑着分别。怎么突然之间就到了毕业的夏天！明天将公布各自的去向，今夜无人能眠。

"反正不想睡。走，去搓一顿！"陈实提议。

"行！"大家一致赞成。全体出动，七个憨吃傻胀的大侠浩浩荡荡向小食店进发。

猪耳朵、猪尾巴必不可少，花生米、烧白、鱼香肉丝、回锅肉、家常鲫鱼、粉蒸排骨、酸辣白菜、番茄蛋汤，一一上来，反正是最后一次花父母的银子了，大方一次，点了满满一桌菜，啤酒上了两件。

"来，走一个！明天就各奔东西了，也不知猴年马月我们七巨头才能再聚。"陈实端起酒杯，催促大家。

"来，干！"大家举杯一饮而尽。

"也不知我能不能分回双峰。听说双峰今年很紧俏。"

曾有才充满担忧。

"用不着担心，不回去又怎样？我还不想回去，回去既无新鲜感，又难应付人情世故。"黄德福劝道。

"我自横刀向天笑，任尔东南西北风——今夜只管喝酒！"苏静说。

"你当然淡定了，反正你是哪里来回哪里，不用操心分配的事儿。"

"操心也不管用，听天由命！现在只管喝酒，今晚一醉方休！"周正华说得很豪气。

大家不再谈论分配的事。

虽然各怀心事，但还是该吃吃，该喝喝，该划拳绝不手软。

"我，我们……无论分到哪儿，都，都要多，多联系……"舌头率先理不顺的是刘安安。

"那是当然！七巨头不聚，全球怎么治理？天下怎么太平？"

"全球怎么治理，天下怎么太平，关我什么事！把我们该管的几十个小猴子治理好就行了。"

"哈哈哈……"

"苟富贵，勿相忘！"

"忘记是小狗！"

"大家都是教书匠，富贵的可能性极小！"

"那不一定！万一谁当领导或者转行了呢？"

"来，喝酒，喝酒！"

"九月九酿新酒，好酒出自咱的手……喝了咱的酒啊，上下通气嘴不臭！喝了咱的酒啊……"

除了喝酒的，皎洁的月光下，长江边，几对情侣好像突然冒出来似的，坐在沙滩上，石堡上。刘校长经常带着保安，巡遍学校的每一个角落，越是可能谈情说爱的地方，巡逻得越勤。所以即使有恋情，最多也是"地下工作"，眉来眼去，纸条传情。唯有今夜，不再巡逻，所以他们不再顾忌，或牵着手，或互相依偎，呢喃细语。

"明天就走了。"丽说。
"嗯。"强子应道。
"好难受！"
"我更难受！"强子把丽揽在怀里。
他们偷偷恋爱了一年多，连手都没牵过。
"我们怎么办？"
"什么怎么办？"
"如果不能分到一起，怎么办？"
"不管分不分到一起，我都不会变。反正都在沿江，最远也不过几十公里。每个周末我都会来看你，今后想办法调到你那儿，跟你在一起。"
"真的？"
"绝对真的！不信，我发誓。"
丽赶紧捂住强子的嘴。
"倒是你，我不在你身边，你会不会看到帅哥，就把我忘了？"

"哼哼，要是很帅的话，就有可能哟！"

"啊，不准！"

"哈哈哈哈！"

"小坏蛋！"强子扳过丽的脸，给她一个强吻……

华子在江边等了很久，英子没有赴约。华子很郁闷，转到小食店，看见陈实、三山他们在喝酒，不管有没有人邀请，他凑上桌子，不管三七二十一，端起酒就喝……几杯酒下肚，华子的话匣子就打开了："为了她，我放弃尊严，卑微到尘埃里。对她那么好，好到感动天，感动地，感动我自己，为何偏偏感动不了她？她为什么还是不爱我？"

"兄弟，你爱了不该爱的人。"

"爱情不是靠丧失尊严和卑微就能换来的。"

"是你贱！"

"是呀，是我贱，是我贱！我自找的！"华子扇了自己两耳光，瘫坐在地上，开口唱道："最爱你的人是我，你怎么舍得我难过？对你付出了那么多，你却没有感动过……"唱着唱着，泪流满面。

三山平日里最讨厌华子。然而此时此刻，看到因爱而痛而悲而伤心欲绝的华子，三山对华子是真的怜悯。他甚至有点儿佩服华子，华子至少敢爱，敢大胆追求，敢说出来，敢当着大家的面哭出来……而自己什么都不敢，只能偷偷地把爱埋藏在心里，把悲伤留给自己……他的伤，他的痛不比华子轻，但没有谁知道，只有风知道，只有云知道，只有自己知道……

毕业典礼仍然在大礼堂举行。师范生活从这里开始，也在这儿结束。两次心情不一样，前一次是兴奋与激动，这一次兴奋与忐忑并存。

公布分配结果之前，刘校长做了热情洋溢的讲话：

> 同学们，大家上午好！
>
> 一转眼，3年时光就悄悄溜走了。
>
> 这3年，你们勤奋好学，刻苦努力，一个个被锻造得能说会写，能唱会跳，书法、普通话样样不错，各种球都能玩，身体还棒棒的！完全具备了做一名合格人民教师的技能和素养！明天，你们将离开沿江师范，奔赴各自的工作岗位，培育祖国的未来，做一名光荣的人民教师！
>
> 临行前，我有几句话想送给大家。希望你们终身热爱教育事业，勤恳工作，勇挑重担，毫无保留地传授知识，甘于奉献，用爱浇灌千万朵桃李，无愧于党，无愧于教育事业，无愧于沿江师范，无愧于自己！
>
> 最后，祝同学们生活愉快，前程似锦！

台下爆发出热烈的掌声。

三山暗暗告诉自己："一定要做一名优秀的人民教师。"

分配结果注定是几家欢喜几家愁！英子、小宝贝儿分配到城区；大宝贝儿分配到直属学校当团干；慕容分配到职高当专职音乐教师；三山回双峰；曾有才真没能回双峰，去支援云岭；华子分配到龙山。其他基本哪里来，回哪里。满意的，春风满面，收拾行装，准备出发；失意的，偷偷流泪。原本想等分配结果出来后，向暗恋了许久的心上人儿表白的，现在面对现实，也失去了表白的勇气，只能将爱默默地深藏于心中，成为永远的秘密。

多情自古伤离别，更哪堪毕业季！即使前面笑容可掬的，现在也愁容满面……有的抱头轻泣；有的紧握双手，在操场边四目凝视；有的手拉手、肩并肩，踯躅前行……

分到城区的，有专车来接，第一批离开。同学们聚集在操场，和他们告别。英子和小宝贝儿同大家一一握手告别。

"再见！加油！一切顺利！"

三山握住英子的手有点儿颤抖，手心冒汗，千言万语不知从何说起，嘴唇哆嗦几下，什么也没说出口，只是握住英子的手情不自禁地更加用力。

"哎哟！把我捏痛了，顽皮！"英子笑着喊。三山猛然醒悟，赶紧放开。

华子拉住英子的手，还没说话，眼睛就红了。

"非常感谢你的关心和帮助，保重！"英子看到华子情绪激动,怕他失控,赶紧抽手离开,匆匆上车。车子启动,华子跟了上去。车越开越快,越走越远,华子站在那儿张望,张望……脸上挂着无限的落寞与惆怅。

同学们翻过一山又一山,送了一程又一程!最后不得不饱含热泪,挥手作别!就以慕容仿写的《毕业歌》为证吧:

  轻轻地我走了,

  正如我轻轻地来;

  我轻轻地挥手,

  作别天边的云彩。

  河畔的金柳,

  似音乐会上的风儿;

  声光里的艳影,

  在我们心头荡漾。

  操场边的香樟,

  似运动会上的刚仔,

  威猛、坚强。

  我甘做一条藤蔓!

  躲在那树荫下。

  辩论会上,你舌战群雄;

  歌手赛上,你技惊四座;

  篮球场上,你带伤鏖战。

  你的歌声,你的微笑;

你的悲伤，你的抽噎。

曾经的曾经，

一切的一切，

犹在耳边萦绕。

可是，一转眼，

我们将分道扬镳。

满载梦想，

在讲台上放歌。

满载青春，

在粉笔头上张扬。

蜡烛与我为伴，

萤火也是微光！

悄悄地我走了，

正如我悄悄地来；

我挥一挥衣袖，

带走母校的云彩。

中篇 各奔东西

单 挑

　　双峰八个乡，条件差异很大。到底去哪儿，还要等区教办分配。三山在忐忑中等待。直到 8 月底，三山才得到通知，他和胜利、云海一起被分到双峰最偏远的金峰乡中心校。

　　金峰乡分布在金峰山脉上，金峰乡因此而得名。此地海拔较高，山脉绵延起伏，山峦高高低低，顶上有一大片平坝。学校在一个小山峦上，主要建筑是一栋复合式四合院，两层木楼，既是教室，也是宿舍。四合院后边有四棵几人才能合抱的百年香樟，有七八层楼高，枝繁叶茂，遮天蔽日。香樟树再向外 20 米，便是悬崖，崖壁如刀削斧砍，蛇鼠要想上来也是千难万难，更别说人啦！崖底连着坡地，一直连绵到綦江河边。崖上横七竖八躺着几块儿巨石，有的似馒头，有的似猛虎，有的似青蛙。有一块儿似秃鹰，鹰嘴伸到悬崖外，突兀在半空中。特别胆大的才敢登上去，胆小的人上去双腿打战，不敢站直，连滚带爬赶紧下来。夏天的傍晚，老师们吃完饭，喜欢到巨石上乘凉，冲岩风吹得呼呼直响，三伏天也不用扇扇子。坐在巨石上，能与"三块石"遥遥相望。

"三块石"乃金峰山胜景之一。传说很久以前，金峰山上一妇人，年纪尚轻就守寡，含辛茹苦把儿子养大，可儿子不但嗜赌，还不孝顺，老娘眼睛哭瞎了，他照样天天上街赌钱，老娘在家常常挨饿。就在他某天赌钱回家的路上，一个惊雷把他劈死，化作三块儿上大下小重叠的巨石，永久站立在那儿，接受日晒雨淋……金峰山的人都要把这个故事告诉子孙后代，教育他们一定要孝敬老人。

四合院前面有几株百年桂花。每到8月，香飘四溢。老师们把塑料布铺在地上，拾掇起撒落的桂花泡酒，桂花酒又香又甜，让你在不知不觉中酩酊大醉。金峰山的桂花酒远近闻名。古式木楼在大树映衬下，显得典雅大方。桂花树前面是一排平房，小学一到六年级的教室就在那儿。四合院左边是块硕大的操场，估计有1000多平方米，原本是坡地，大致铲平后，在泥面上铺了一层黄沙，凹凸不平，运球常常会跑偏。天气晴朗，太阳照射之后，只要大风一吹，便是黄沙漫天，睁不开眼。四合院右边是一栋石砖砌成的两层教学楼，能容纳八个班。教学楼前方是厨房。三山住在厨房旁边的一杂物间。这间屋子相当潮湿，能踩出水来，他用砖和木板垫上后再铺床。胜利和云海合住四合院底楼的一单间。他们仨搭伙做饭。菜油凭票供应，每人每月1斤。三山不敢多放油，炒瘦肉油少了粘锅，加水，结果成了"水煮肉"，当众出丑。

学校 20 多岁的年轻老师占绝大多数，校长、主任都不到 40 岁，算是年长的了。每天放学打球得跑快点儿，慢了，就得等输的一方下了才能上。校长也是篮球爱好者，高大壮实，他三大步上篮，对手只能躲闪，否则撞上就是火星撞地球——稀碎！他常常带队出访，找兄弟学校打球，倒也快活。

9 月 20 日是发工资的日子，三山早早到出纳处排队。月薪 93.5 元，加上补发 7 月、8 月的工资，一共领了 280.5 元。哇！三山第一次有这么多钱，数钱的手直发抖，一共数了三遍——怎么花呢？买衣服？买好吃的？给爸妈？存起来？

还有两天胜利过生日，干脆今天就庆祝！用 5 元钱买一只鸭，再割点儿肉，还能买些蔬菜。晚上，十几个单身汉聚在一起，有拿桂花酒来的，有端菜来的……准备就绪，大家有的敲碗，有的敲桌子，有的拍凳子，有的拍打床沿……齐唱："祝你生日快乐！祝你生日快乐！祝你生日快乐！祝你生日快乐！"然后，拉开架势，整！划拳、喝酒、上荤段子，不亦乐乎！酒足饭饱，头重乎乎，脚轻飘飘，话也多起来！把碗、盆拿在手上或扣在头上，边敲打边围着桌子跳，声嘶力竭地吼："阿里山的姑娘美如水呀，阿里山的少年壮如山，呀喂……"

《阿里山的姑娘》《再回首》《酒干倘卖无》《滚滚红尘》《一无所有》……凡是会唱的歌都翻出来唱一遍。唱得最多的还是《阿里山的姑娘》，因为学校年轻女老师少，不容易见到漂亮姑娘,唱唱过瘾!

第二天,江老头儿说:"昨晚你们都疯了吗?"

"嗯!是疯了!想姑娘想疯的!"

"哈哈哈!全是坏小子!"

哼!像没年轻过似的!

三山教初二数学,初二有四个班,以初一期末考试成绩为准,成绩好的分在一、二班,叫快班;剩下的分到三、四班,叫慢班。快班是经验丰富的老师教。三山教三班。校长找三山谈话:"第一要务是管好班上的纪律和安全,密切注意学生动向,千万别出状况。成绩嘛,只要你尽力就行了。"

第一天上课,三山走进教室,里面追的追,打的打,乱哄哄一团。看到有老师来,许多人回到自己的位置坐好,只有一个瘦高瘦高的男生,还站在巷道里,挤眉弄眼,挠耳伸舌,做着鬼脸,惹得大家哄堂大笑。

"站到讲台上来!"三山大喝一声。

男生扭头看了看三山,没动。

"站上来!"三山再一次命令。

"凭什么?"

"凭你不守纪律!"

"只有我服的人,才叫得动我。"

"你服哪样的人?"

"有本事的呗!"

"什么样儿才算有本事?"

"单挑能赢我的。"

"单挑什么？"

"篮球！你敢吗？"他挑衅地看着三山。

"单挑！单挑！"大家一齐喊，巴不得把事儿搞大。课是无法正常上了。

三山想了想，说："单挑可以，但有个条件。"

"什么条件？"大家好奇地问。

"大家必须安安静静、整整齐齐地排好队到操场。"

"行！"大家一致赞成。

来到操场，三山问那个男生："怎么个单挑法？"

"先得10分为赢。"

"好，你先进攻！"

三山脱去外衣，半蹲下身，两腿平行站立，展开双臂。那小男孩儿左冲右突，三山脚步灵活地拦在他身前，把他罩住。趁男生一分神，三山夺下球快速上篮，球进了！球场上一阵掌声。经过十多分钟的较量，三山10比6战胜男生！男生瘫坐在地上，直喘气。

哼，小样儿，还征服不了你！

"服不服？"

"不服！休息一会儿再来一局。"

"行！"

第二局男生输得更惨。

"服不服？"

"服！服了！"

"叫什么？"

"文杉。"

三山把他拉起来："听我的不？"

"听！必须听！"

"周老师！能唱歌不？"旁边一同学大声问。

"你们想听，我也可以唱两首。"

"想听！"大家齐声喊。

三山的一首《敢问路在何方》就把大家震得一愣一愣的，忘了鼓掌，歌声停了许久众人才回过神来，爆发出一阵热烈的掌声。

再飙一首《黄土高坡》，大家张大嘴巴，傻了眼！

"还会跳舞吗？"有人还在挑事儿。

看来真得露两手儿！

哼哼，学校跳集体舞，我可是最出风头的！三山心想。

随即开跳，伸腿、送胯、扭臀、转体，一气呵成！既潇洒又霸气！同学们掌声不断，佩服得五体投地。

三山严肃地看了同学们一眼，说："亲爱的同学们，经过初一，进入初二，学校把你们重新分班，有的心里不服，有的自暴自弃。虽然我们学习有困难，成绩不够理想，但是，我们现在共同努力还来得及。一学期以后，争取回到快班。即使回不了快班，能多学点儿知识，今后哪怕升不了学，学门技术也容易些，何乐而不为呢？我始终认为：优秀的品行比多认几个字，多算几道题更加重要！

我们首先要自己看得起自己，好好做人，今后能忠于祖国，忠于自己从事的事业，孝敬父母和长辈，对人诚实守信。如果再有一门过硬的手艺，走到哪里都是顶天立地的人！谁敢小看你？不回快班又怎样！"

话刚说完，掌声经久不息。

此后，文杉、德伦等几个顽劣分子常和三山一起打球、聊天，逐渐和三山成了朋友，偶尔还跑到三山寝室来顺点儿零食或剩菜吃。三山发现他们有个共同点：讲义气、耿直，在同学中有威信。无论多顽劣，他们也只是孩子。三山偶尔夸夸他们，他们特高兴，特服三山，什么都愿听三山的。上课规矩了，听不懂宁愿睡觉也不捣乱，别人捣乱还出面制止。课外也不再惹是生非。

班上一个叫吴敏的女生，长着一双灵动的大眼睛，鼻梁高挺，樱桃小嘴，人见人爱，花见花开，总有几个初三男生像苍蝇一样在窗外"飞"。

三山找她谈心："你这么漂亮，唱歌又那么好听，千万别理那些人，努力点儿，今后说不定能当歌星呢！"有着歌星梦的她，不但学习努力了，一有空就带着一群女生学唱歌。三山嘱托吴敏的几个好友："在学校你们就和吴敏在一块儿，别让她单独行动！"

班级管理一切顺利，工作压力不大，一旦空闲下来，三山就特别怀念亲如兄弟姐妹的同学。经多方打听，三山得知曾有才就在20千米外的骆来小学，激动不已。走！

天还亮堂堂的，当看到骆来小学就在山对面时，三山很高兴，以为能赶上吃晚饭。可是，迈过山沟，爬上半山腰，天就已经黑了。幸好身上有打火机，他打燃火机照亮。后来，三山从路旁捡几根干木棍点燃当火把，高一脚，矮一脚，深一脚，浅一脚往前赶。这段路没有人烟，树木稀少，听不见鸡鸣狗叫，没风的时候，一片沉静，死一样的静，静得能听到自己的心跳。三山不信神，不信鬼，却不由自主加快了脚步。走完这段，前段路在茂密的树林下。树木高大繁茂，密密层层，风一吹，大树"呼呼"作响。不知什么鸟，不知在什么地方，忽远忽近，忽大忽小，传来"呱呱"的鸣叫，让人听了毛骨悚然。路边到处是坟堆。他能走多快走多快，几乎是在跑。心感觉提到了嗓子眼儿，而且跳得特别厉害。手心全是汗，腿发软，周身发麻。突然，路边坟堆里窜出一东西，似竹竿，又长又瘦，稀少的毛发披散着，耷拉在脸上，空洞的眼睛，高鼻梁。那东西躬下身，张开大嘴，露出几瓣又大又黄的牙，扑向三山的火把，"噗噗"连吹两下，然后发出尖厉的笑声，在黢黑的夜空中回荡，弥散着阵阵尸臭！"妈呀！"三山大叫一声，扔掉火把，夺命而逃。

也不知摔了多少跤。曾有才见到三山的时候，只见三山满身是泥，面色煞白，汗流如注。曾有才又惊又喜地抱住他，扶他坐下，给他倒上开水，关切地问："怎么了？"三山把刚才的遭遇向曾有才说了一遍。曾有才大笑，说："你肯定是撞上醉鬼刘三癞子了。他一米九几，癞头，毛发长而稀少，瘦得像竹竿，光棍，嗜酒，醉后随处睡。"

听到曾有才的描述，三山狂跳的心才平静了些许。

　　曾有才在同事那儿借了些鸡蛋，煮盆鸡蛋汤，炒了几盘小菜，从小卖铺买了一瓶老白干和一袋花生。两人拉开架式，整！边喝边叙思念之情……骆来小学是黄泥乡最偏远的村小，只不过属村完小，一至六年级齐全，还有幼儿班，旁边还有小街，情况不算太糟糕。当初曾有才一人没能分回双峰，三山很替他难过，现在见他过得还行，心才放下。

　　回来后，一旦有空，三山就抓紧时间认真看书，常常学习到深夜。他当年参加成人高考，顺利考入重庆教育学院汉语言文学专业，参加函授学习。

吃刨猪汤

"周老师,周末我家杀过年猪。爸爸妈妈请你到我家吃刨猪汤。一定要去哈!"小军告诉三山。

"就请我一个吗?不去!"

"不是!所有任课老师都要请。"

"哦,那还差不多,好嘛!"

"一定要去哟!"

"好,一定!"

周末,三山还在睡觉,小军就在窗外喊:"周老师,周老师,起床啦!"

"吵吵吵!好不容易周末睡个懒觉,这么早又被你吵醒了。"

"不早啦! 8点过啦,快起来,走得啦!"

三山穿好衣服,推开窗门。啊,一夜雨,到处湿漉漉的,一阵寒风吹来,三山打了个寒战。天寒地冻,路又湿滑,三山想打退堂鼓。

"小军,你回去吧,这回就算啦!下回吧。"

"不，要去！你不去，爸爸要打我。"

"不会的，跟你爸解释清楚，说老师有事儿。"

"不，爸爸要打我！"说完，小军开始哭。

看到小军哭，三山有点儿心软："其他老师去不嘛？"

"要去！"

"那行吧。"

三山和小军一起去请其他老师。结果大家和三山一样，都不想去。特别是亚君，一个漂亮的未婚女老师，看到寒冷的天、湿滑的路，直摇头。

"你这班主任都不去，我们就更不好意思去了。"

小军苦兮兮地说："你不去，爸爸要打我。"

大家东说西劝，好说歹说，费尽口舌才把亚君说动。

一行六人，穿上长筒靴，撑着雨伞，出发。

小军家离学校大概有12里地，全是羊肠小道。页岩地，表层风化成泥，踩在上面又硬又滑，一不小心就会摔倒。大家小心翼翼，相互搀扶，慢慢前行。下完坡，顺着河边泥泞的小路前行，得全神贯注，否则，可能会摔入河中。田埂多，雨后的田埂，踩上去鞋陷下去，提起来都困难。小施摔了一跤，大家步步惊心！

一小时的路程，今天走了两小时。鞋上裤子上满是泥。还未进入小军家院坝，便见院坝里热气腾腾，人影绰绰。小军爸妈跑到院坝边迎接。

"欢迎各位老师！哎呀，天老爷下雨，说明我不热情，大家辛苦受累了，快进屋坐。"

"说明你大方,天老爷帮你留客,让我们多耍两天。"

"那我们全家求之不得。"

走进院坝,杀猪匠正在处理猪大肠,灶上冒着热气,架子上挂满热气腾腾的肉,厨房顶上炊烟袅袅,香飘满院。

迈进客厅,四张桌子已经摆上了凉菜。

"老师们都到了,开席吧!大家坐拢来。"小军爸爸招呼大家。

小军爸爸把三山他们一行人领到客厅最上方那桌,而且请班主任亚君和三山上座。三山赶忙推辞:"不行,不行!上席理应由小军的爷爷、奶奶坐,我们这些后辈哪里敢坐?"

"怎么不行?一日为师,终身为父,就该你们坐!"

三山再三推辞,最终由小军爷爷和村支书坐上席,陪同六位老师。

这次杀猪酒,小军家还请了亲戚、邻居、村干部,满满四桌!小军爸爸是村主任,借杀猪酒联络一下方方面面的感情。

今天的主菜是刨猪汤,每桌一大盆。猪肝、血旺、小肠、瘦肉、白菜,猪油烹调,以盐、花椒、老姜、味精为佐料,端上桌子再撒上葱花,顿时香飘四溢。三山狠狠咽下一口唾沫。

小军爷爷给每人盛上一碗,说:"这猪是养来自家吃的,没喂饲料。尝尝味道怎么样!"

嗯,香!真香!尝一尝,味道美!真美!肉吃在嘴里糯糯的,还粘牙齿!但一点儿都不腻,格外好吃。

接着还上了回锅肉、排骨、糯米粑煎糖肉、炒腰花、凉拌猪舌……

小军爷爷端起酒杯:"来,我敬各位老师,你们辛苦了!小军调皮,你们费了不少心,谢谢大家!干!"

大家干了一小杯。

小军爸爸端着酒杯过来:"老师们,辛苦了!我敬大家一杯。小军顽皮,学习不努力,成绩不好,可你们严格要求,尽心辅导,认真督促,在他身上花了不少时间,付出很多精力。谢谢你们,你们辛苦了!特别是周老师,放学迟了小军就住在你那儿,给你添了很多麻烦,今天你一定要多喝一杯!小军在学校如果不听话,你们就给我打!打了我再请你们喝酒!来,请大家举杯,干!"

"小军在学校很听话呀!无论什么事,安排了都跑得飞快。挺乖的。"亚君说。大家又干一杯。

接着是村支书,小军的叔叔、叔娘、邻居大爷……来敬酒的接连不断。三山一行人喝得脸上红霞飞。不行,再喝下去要醉!热情、淳朴、好客的主人,只要你不下席,他们就会一直陪,哪怕自己喝醉也一定要陪到最后,直到散席。三山给大家递个眼色,闪!

"小军爸爸,我们已经酒足饭饱了,谢谢!你们慢慢吃。"说完,大家就要离席。

"再喝一杯。天冷路滑,这么远来,不吃好怎么行?"小军爸边说边拉住大家。

"真吃饱啦,既然来了,我们肯定不会客气。你们慢用。"说完,大家离席,小军爸爸还想挽留。

小军妈妈赶紧递烟,上茶。

院坝里,孩子们已经玩嗨了。打陀螺的,把陀螺甩得"叭叭"直响;拍纸片的,手臂伸直,跳起来,使劲儿拍下去,嘴里还"嗨嗨"直喊;跳皮筋的,脚在跳,嘴里数着"三五六,三五七,三八三九四十一……",脸上洋溢着欢乐和幸福!

人生第一醉

一年转瞬消逝，三山、胜利、云海该转正了。

三人走进校长办公室，书记、校长、副校长、主任、工会主席已等候在办公室。

"人都到齐了，先述职，谁先来？"校长问。

"我先来吧。"胜利率先站起来。

"我任初一（四）班班主任兼数学老师。在工作中，我牢记党的教育方针，遵守教师职业道德，严格遵守各项规章制度，默默耕耘，无私奉献，为人师表，爱岗敬业，教育教学水平不断提高，服务意识不断增强。

"教学工作中，认真做好教学常规：精心备课，不但备教材，还备学生；根据教材内容和学生实际，设计教案，采用适合学生的教学方法。每一节课都做到有的放矢，提高课堂效率；努力调动学生的学习积极性，加强师生互动，突出学生的学习主体地位；采用分层教学，让班上不同层次的学生都能得到发展；认真批改作业，通过作业反馈信息指导下一次课的教学内容，不让学生留下问题。

"班主任工作中，搞好德育工作，管理好班集体。开展丰富多彩的班级主题活动，把培养学生高尚情操、健康审美情趣、正确的价值观和积极的人生态度寓于活动之中，并始终贯穿于日常教育教学之中；充分利用各种资源，适时适度地进行德育渗透，达到潜移默化的作用。

"在这一年中，我通过自己的努力，提高课堂效率，学生成绩很好，身体健康，人格健全。班集体和谐，学习风气浓厚。各方面都取得较好成绩。路漫漫其修远兮，我将更加努力，使自己日臻完美。"

三人先后述职完毕。
"听了他们三人的述职，大家充分发表意见，谈谈你们的看法。"校长对各位领导说。
"三位同志都能很好地完成学校交给的教学任务。能够认真备课，认真上课，认真批改作业，辅导学习有困难的学生，从测试成绩看，教学效果都不错。任了班主任的，能管理好班级，积极和家长沟通，使家校密切配合，共同教育好孩子。我同意他们转正。"教导主任首先发言。
"三个同志德才兼备，师德师风没问题，符合作为人民教师的要求。我同意转正。"陈书记表态。
"三个同志都能很好地完成学校交给的各项任务，积极参与学校的各种活动，也支持工会的各项活动。我同意他们转正。"工会主席说。
"大家的意见我都同意。这一年，三个同志的表现都很不错。热爱教育事业,干好本职工作,积极融入集体,能圆满完成学校交给的各项任务,是合格的人民教师!大家一致同意三山、胜利、云海三名同志转正!"张校长宣布。大家响起热烈的掌声。

三人正准备离开,校长说:"别急着走!还有一项重要考核!"

"还有什么?"三人疑惑地问。

校长面带微笑,拉开抽屉,拿出几瓶沿江老白干和4个酒杯:"还有这项最重要的考核!"

工会主席不知从哪儿拿出一大袋花生倒在办公桌上。

"你们一个一个来,先和我们五人每人碰1杯,然后再每人划4杯——谁先来?"

三人你看看我,我看看你,谁也不吭声。

"怎么?怂啦?"

"我们喝酒不行!"

"男子汉不喝酒可不行,今后喝酒的地方还多着呢!还要靠你们这些年轻人撑起来。今天放开干,都试一试自己的酒量,看看自己到底能喝多少。"

看这形势,今天是躲不过了,三山把心一横,说:"我先来。"

"好!就该这样。"

三山端起酒杯,双手捧着:"张校长,感谢您的关心和帮助,我敬您!"说完,和张校长的酒杯相碰,一抬头,一仰脖,一饮而尽。一股又热又辣的液体顺着三山的舌头、咽喉、食道进入胃,紧接着全身燥热。三山又和另外四位领导一一干杯。

"好,有气势!"张校长说,"再来划几拳。"

三山感觉全身燥热得不行。

"六六大顺,全家幸福。"每一拳,不出两回合,三山准输。4杯酒,3战2胜,输家喝3杯,赢家喝1杯。一圈下来,三山一次都没赢,一共喝了15杯。

"哈哈哈,你全输啦,不服可以重来!"刘主任说。

"不敢啦,不来啦!认输。"

三山明白:几个老江湖,手一齐伸,声音比你稍微慢一点点儿,你准输。无论划多少拳,必输无疑,早投降早好!

三山感觉头很重,胃里的东西往外涌。此地不宜久留。三山站起身:"各位领,领导……你,你们慢——慢喝,我,我走了……"三山步履蹒跚。

出门风一吹,酒劲儿更上头。三山觉得路越来越窄,地越来越斜,身子摇摇晃晃,不听使唤:想往左,偏向右;想往右,偏向左。胃里的东西翻江倒海,拼命往外涌。恍惚中,三山不知撞上了什么,赶紧抱住——"哇"——胃里的东西喷涌而出!

三山感觉全身无力,手虽然抱住了什么,但不起任何作用,身体仍然向下,向下……最后什么都不知道了。

也不知过了多久,三山才醒来,发现躺在自家床上,窗外天已漆黑。三山感觉口干舌燥,勉强起床,仍感头重脚轻,支撑着倒了一大杯水喝。三山想:李白能"会须一饮三百杯"快活似神仙,为何我醉了却是这般难受?

单身汉不快乐

学校单身男老师十多个，年长的已近30岁，有点儿心慌。单身女老师两位——文霞和亚君，仗着自己有几分姿色，走路眼睛看天，对男老师不屑一顾，据说还放出风来：宁愿找城区的待业青年，也决不找区乡的老师。她们嫁入城区的决心坚如磐石。笃哥一米七，浓眉大眼，刀削斧砍的脸极像刘德华，加上他喜欢模仿刘德华唱歌，人称"小华仔"。文霞幼年丧母，父亲在遥远的上海工作，她和奶奶相依为命。笃哥一直坚持给霞妹家挑水，照顾老人，逢年过节送礼物。即使这样，依然没能打动霞妹。半年后，霞妹还是毅然决然地嫁给城乡建委的矮胖小子调走了。弄得笃哥很长一段时间不和大家交流，下班独自闷在家里。

供销社有俩女孩儿，单身汉们有事无事就爱去那儿晃。大家商量帮笃哥介绍女朋友，让他用新恋情疗旧伤。找人去供销社给"盘子脸"女孩儿做媒，结果人家一听是老师，毫不犹豫地回答："老师？算啦，不考虑，工资太低！"

太伤自尊了，歧视！对教师行业赤裸裸的歧视！一个小眼睛、单眼皮、塌鼻梁的供销社女孩儿，这么瞧不起老师，让老师情何以堪！

谁叫咱们工资只有90多块？

她们口口声声视金钱如粪土，原来就是"掏粪"的！

然而，一件突如其来的事，打破了学校单身汉生活的平静！

"治文出事了。"

"出啥事了？"

"把他们学校代课老师的肚子搞大了。"

"有啥子关系呢？结婚呀！"

"可是治文不想结婚。"

"那不得行哟，把别人肚子弄大了想赖账，人家怎么活呀！"

"就是啊！人家女孩儿父亲找来啦，要领导给个说法。"

"治文也是！不想和人家结婚就不要和人家发生关系！肚子弄大了又不想结婚，哪有这种事哟！姑娘家，弄个大肚子，传出去，哪个还敢娶嘛？不是把人家往绝路上逼吗？"

"就是，就是！碰到治文问问他到底怎么想的。"

开完全乡教师大会，单身汉们把治文拉到胜利寝室轮番拷问。

"把别人肚子弄大了，有没有这回事？说！"

治文低头不语。

"不说话就是默认了。"

治文的事暂时没下文，可三山又遇到事了。

一天深夜醒来，三山胸口剧烈疼痛，痛苦的呻吟惊醒了邻居。胜利和刘主任连夜把三山送到条件极差的乡卫生院。也只能送到乡卫生院，因为金峰乡每天只有一趟客车，晚上从沿江开来，在金峰过夜，早上开回沿江。车停在乡政府里面，没有固定的发车时间，以司机睡醒为准。这次五点半去，车开走了；下次四点半去，可能司机六点半也不发车。乡政府大门紧锁，坐在外面石头上，冻得全身冰凉。即便这样，每次乘车也都爆满，别说坐，连站都困难，挤得人气都喘不过来。经常开全区教师大会，还不得不去，有时车在路上坏了，迟到还要被批评！在卫生院输了两天液，三山病情才缓解，也没查出病因。三山的小姨住在金峰街上，她说肯定是屋子太潮湿的原因，叫三山别住那儿，搬到她家吃住。

初恋也苦涩

一天，小姨对三山说："穿上你小姨父的西装，今晚粮站的何大姐要来给你做媒。"

"我这样子恐怕别人看不起哟！"

"她们主动提出来的，应该没问题。"

三山和姨父张罗了一下午。6点，何大姐带着一女孩儿来吃晚饭。女孩矮胖矮胖的，身高及三山的肩膀，圆脸大眼，皮肤白皙，一说话就笑，笑起来还有个小酒窝，虽不及英子漂亮，但还算可爱。

坐上桌子，何大姐首先喝了口鸭子汤："嗯，好喝！"然后又吃了一块儿鱼："嗯，味道不错！"

放下筷子，何大姐接着介绍道："这是我们单位的小刘，轮换她爸，去年到我们单位工作。老家就是本乡的，家里有两个哥哥一个妹妹。她勤快、本分，工作认真努力，是个好女孩儿。今天介绍你们认识，试着交往了解一下，看看有没有缘分。"

接着，小姨也热情地介绍了三山的基本情况。

第二天下午,三山和伙伴们正在打球,远远看见两个人。大家停下来,说:"咦,好像有美女哟!"越来越近,三山见是何大姐和小刘。

何大姐一边招手一边喊:"小周!快来快来!"

"咦,要搞着①!"大家起哄。胜利和云海向三山挤挤眼,说道:"你好好陪美女,需要我们做啥子尽管吩咐,我俩万死不辞!"说罢,两人双手抱拳一拱,头一低,"扑哧"偷笑。

三山跑过去。

何大姐说:"我们没来学校逛过,今天你带我俩逛一逛!"

"行,学校小伙儿多,风景好!"

逛了一圈,何大姐说:"哎呀!我要给娃儿检查作业,先走了,你们再耍一会儿。"

夕阳的余晖照射在操场边的大石上,三山和小刘坐在上面。

"我像雾像雨又像风,就是不像人,这模样我自己都不喜欢,没吓倒你吧?"

"哪有这样说自己的?你不差,只是皮肤不是很好而已。看人不光看外表,内心比外表更重要。况且你有知识有文化,我初中都是混毕业的,我还怕你瞧不起我呢!"

"嗯—— 哪敢瞧不起你哟,你挺好的!"

"你经常帮你小姨挑粪、种菜、带小孩儿,那么勤快,

---

① 搞着:川渝方言,意为得到好处。

能吃苦的人，一定不错。"

"你咋知道的？"

"你经常从我们围墙边过，我看到的。"

"你偷看我嗦？"

"不是偷看，光明正大的。"

…………

两人隔三岔五见一次。

月光下，三山送小刘到楼下："你先上去，我看着你屋灯亮了再走。"

"你先走，看不见你了我才上去。"

"不，你先上去。"

"你先走！"

拉着她的手，一股电流瞬间涌遍全身，三山不想走，小刘也不想上去……

"今天冷，我摸摸你的手凉不凉。"寒风中，三山紧紧握住小刘冰凉冰凉的小手……

"你看那是啥子？"三山指向天上的乌鸦。

"老鹰。"

"错，是你。"

"呸，讨厌！"小刘一脸不悦。

三山指着地上一条黄狗："你看，我在追你。"

"哎呀，讨厌！"这次是撒娇。

…………

送小刘回家的路上,一只小黑猪正在拱白菜。三山说:"你看,你是那棵白菜,我是小黑。唉,老天不开眼啊,好白菜都被猪拱了!"

"哈哈哈!小猪猪撞大运啦!"

…………

"老师叫小朋友用'但是'造句。小朋友说'我家老母鸡下的蛋是又大又圆'。"

"哈哈哈……"

小刘看三山打篮球,三山说:"你是篮圈。"

"我是空心吗?"

"不是,是我总往你怀里送。"

"讨厌!"

…………

看见路边的小花,三山一定会摘下送给小刘。

小幽默、小笑话、小故事、小魔术、小花朵、小浪漫,三山总能带给小刘快乐与惊喜,三山喜欢看小刘笑的样子。

教师宿舍楼已盖好。双职工优先,单身汉两两自由组合,以工龄算积分。三山跟一老单身汉组合,分到一套一楼两居室。

"厨房垃圾遍地,桌凳满是灰尘。我看着都不舒服,你们住着安逸吗？"小刘一边念叨，一边打扫。她每次来都会把屋子统统清扫一遍，把脏衣服洗净，把桌凳抹亮。

小刘告诉三山："我爸妈、我妹他们都回来了，另外还有客人，叫我们中午回家吃饭。"

这不就是要见丈母娘吗？女婿终究是要见丈母娘的！三山虽然紧张，但还是准备好礼物，按时上门。原来小刘的妹妹今天相亲。那小子家住重庆主城城郊，家庭条件优越，身穿毛呢大衣，脚蹬牛皮鞋，还擦得锃亮，头发吹得笔直，打上摩丝，英俊潇洒，风度翩翩。席间，大家不停给他夹菜，谈笑风生。除了小刘，没人理三山，更没人给三山夹菜。她爸妈从头到尾，基本没跟三山说话，也没正眼瞧三山。饭后，三山匆匆告辞。晚上小刘又叫三山跟她一起回家吃饭，三山说头疼。

"怎么会突然头疼呢，装的吧？"

三山不语。

"走嘛。"

"不去，懒得看别人脸色！"

"我知道你不高兴，坚持一下嘛！这一关必须要过呀！"

"你爸妈那截然不同的态度，太伤自尊了，就算不同意嘛，起码也应该给我一个普通客人的尊重吧！"

"我说他们了，别急，慢慢来。你是跟我过，又不是跟他们过。只要我认定你，他们左右不了我，你怕啥子？只是希望你们关系不要搞得太僵。"

"算了吧！今天就不去了，下次没客人再去。"

"他们很少回来，去嘛！"

"去把大家都弄得不愉快，何必呢？"

"那我自己回去啦！"

"你回去吧！"

小刘带着不悦走了。没过多久，她就哭着回来了。三山问她怎么了，她说她刚一到家，她爸就问："你一个人回来的？正好，我们都不同意你跟他交往，今后你就别和他来往了。"

"为什么？"

"他们说你工资又低，长相又差，受过伤害的人脾气怪，跟你在一起是不会幸福的！"

"你怎么说呢？"

"我说，工资慢慢会涨，比我低不了多少！长相好拿来又不能当饭吃。只要他对我好就行！"

三山沉默不语。

"但我爸说，我还年轻，见的世面少，很多事情不懂。贫贱夫妻百事哀。真正接触到柴米油盐的时候，才知道缺钱的艰辛，到时矛盾就出来了……"

"那你的态度呢？"

"要！"

三山心里掠过一丝暖流。

"我爸说：'道理讲完了你都不听，你要气死我吗？再跟他交往，你就别进这个家！'"小刘哽咽着说道，"我回答他们，不进就不进！"

三山抬头看了一眼泪眼婆娑的小刘。

"我爸说：'今天你要走了，就永远别回来！'我说完连晚饭也没吃就跑了，二嫂和我妹拉也没拉住。我就到你这里来了……"话没说完，小刘又嘤嘤地哭起来。

三山听了小刘一席话，既高兴又难过。高兴的是小刘为了他那么坚定，难过的是小刘为了他跟家人闹翻。此时此刻，他不知该怎么来安慰小刘。沉默一下，他给她煮了碗鸡蛋面，端到她面前，默默地看着她吃完。

当晚，小刘就在三山宿舍住下了。

"把地拖一下。"
"今天都拖三次了，还拖？"
"叫你拖，你就拖嘛，哪儿来那么多空话。"
"拖多了有湿气，对人不好！"
"乱说，给自己偷懒找理由！"

不管三山愿不愿意，小刘每天非得叫三山洗澡。小刘住单间，没有洗澡的地方，得提水到公厕去洗，冬天又冷又麻烦。

"走，帮我提水，洗床单去。"
"上周才换，干干净净的，洗它干啥子？"
"哪里干净嘛？一个星期该换了呀！我洗都不怕，你提个水还推三阻四干啥子？"小刘硬把三山拉出门。

三山闲了拉拉二胡。

"拉得跟杀鸡杀鹅差不多,难听死了。唉,受不了,别拉啦!"一点儿艺术细胞也没有! 三山无奈地摇摇头,从此,二胡高挂。

小刘除了爱织毛衣,还是爱织毛衣。

不久,小刘的父亲为了把小刘和三山分开,申请把小刘调到了西江粮站。

三山想:这下和小刘的事可能结束了。两人性格差异大,兴趣也不同,现在又相隔那么远——唉,算了吧,分了可能对大家都好。

小刘所在的粮食加工厂上3天休3天,每到假期她都会到三山这儿来。

"你爸妈让你来呀?"

"我要来,他们也没法。"

"不骂你吗?"

"骂他的!不管他们!"

走进婚姻

三山见小刘跟他在一起的态度那么坚决，就是一块儿石头也被焐热了，他坚定了调动的决心。三山分析：金羽属城郊，不容易调进去，双峰和平滩处在交通要道上，竞争也挺激烈。银峰和西江隔江相望，虽然离城只有一二十千米，但交通不便，主动申请去的人不多，既靠近西江，竞争也不激烈，比较理想。

韩书记对三山说："银峰是我老家，钟文教是我的老师，我去帮你做做工作，调银峰应该没问题。"

三山所教班级顺利毕业。孩子们用自己挣的班费，买了水果、糖、瓜子、花生、茶叶……邀请所有任课老师和校领导，举行告别晚会。

晚会由吴敏主持。吴敏大大方方地走到前面，口齿伶俐地报幕："尊敬的各位领导、各位老师：大家晚上好！明天，我们就将离开学校。今晚，我们欢聚在此，用我们幼稚的方式，向辛勤的老师，表达我们的爱！请听诗朗读《教师礼赞》。"

多少个季节轮回，多少个春夏秋冬，
你是红烛燃烧着亮丽的生命。
奉献几多血汗，却不求青史留名，
你用真情传播智慧的火种。
像那春蚕献出一生的忠诚，
像那冬梅吟唱着早春的歌声。
啊！光荣的教师，辛勤的园丁。
桃李芬芳是你的欢乐，默默奉献是你无私的心灵。
多少个不眠之夜，多少次灯火长明，
漫漫的长夜里有你伏案的身影。
青丝之间添华发，三尺讲台荡笑声。
你用爱缩短心与心的距离。
你是那阳光融化冷漠的冰雪，
你是那向导引人走出科学的迷宫。
啊！光荣的教师，辛勤的园丁。
桃李芬芳是你的欢乐，默默奉献是你无私的心灵。
…………

接着，孩子们用歌声和舞蹈，表达对老师的爱和依依不舍之情。

孩子们唱啊，跳啊，哭啊，笑啊，直到凌晨也不愿离开。

8月下旬，三山拿着调动申请去学校盖章。人事已变动，新校长是三山的恩师。他对三山说："别走，给我撑起。你先干干教导处副主任！熟悉熟悉行政工作，今后机会还很多……"他想打通三山的任督二脉，让三山有大的进步。无奈三山愚钝，毫不犹豫地回答："老师！实在对不起。我已经协调好了，只要您在申请上盖章，我就能走。我不走，女朋友就没啦。情况特殊，请您谅解！"

"好男儿何患无妻！"

"乡村老师找女朋友太难了。我校还那么多单身老师。我好不容易才交了个女朋友，要把握住机会。"三山软磨硬泡了半天，老师才很不高兴地把章给他盖了。

三山调入银峰乡中心小学校。它坐落在银峰山半山腰。每天上下午各有一趟到新店子的车经过这儿。通知8月30日下午报到，3点钟开会。三山上午9点到校，想早点儿来整理内务。学校冷冷清清，没人搭理他。校长办公室空无一人。三山无所事事，东晃西晃打发时间，走完银峰街用时不到三分钟。好不容易挨到11点，终于碰到一个师范学校同届的校友。她带三山去找校长。校长得知三山是新老师，热情地说一句"欢迎，欢迎！你先休息一会儿，我处理点儿事"就自顾忙碌。

下午1点钟以后，老师们才陆续到校，原来多数老师都住在城里。开完会，大家各自散去，三山只好到城里姐姐家住一宿。

学校共有两栋土瓦结构、墙壁斑驳的平房，一栋全做教室，另一栋双排房有的做教室，有的做寝室。

三山任三（一）班班主任兼语文老师。

教室屋檐上绑一根木棒便是旗杆，前面是一块不大的土坝子，升旗在这儿进行。体育课和课间操在外面那块更大的土坝子上进行。做操、播通知,全靠高音喇叭。

周一升旗,班主任组织好学生带队参加。国歌奏响,国旗缓缓升起,孩子们有的低头说笑,有的弯腰驼背,极少有人敬队礼和唱国歌。回到教室,三山满脸不高兴。孩子们看到三山表情不对,赶紧端坐好,安安静静地看着三山。

"今天升旗仪式你们表现好吗?"

"不好。"

"以前也这样吗?"大家都不吭声。

"会唱国歌和敬队礼吗?"

大家都摇头。

"孩子们,一说到爱国,有的人就会笑,觉得只是一句空洞的口号,离我们很遥远,跟我们没关系。其实爱国就在我们身边,就在我们日常生活中。升国旗是件严肃、庄重的事,立正、行队礼、高唱国歌,这就是爱国。多识字,写好字,说好普通话,热爱我们的语言和文字,这也是爱国。热爱祖国的山河,热爱民族的历史,这也是爱国。奉公守法也是爱国。不要以为一定要干轰轰烈烈的大事才叫爱国,上战场打敌人当英雄才叫爱国。做好身边的小事也是爱国。你们都上三年级了,连国歌都不会唱,队礼都敬不好,是爱国的好孩子吗?"

"不是!"

"今天,我们就来学习敬队礼、唱国歌。今后升旗谁做不好,谁不大声唱,我让他在操场上做好唱好再回教室!听到没?"

"听到了！"孩子们响亮而整齐地回答。

三山分到一间10平方米左右的寝室，和光远、昌文搭伙做饭。双排房，中间巷道自然就成了厨房，一到做饭时间，巷道里烟雾弥漫，锅碗瓢盆"叮叮当当"响不停，场面颇为壮观。做完饭得把炊具收回寝室，因为六年级和幼儿班就在旁边，否则孩子们会拿炊具当玩具或武器。

一天，三人正好都没课，一起上街买菜。光远和昌文在前头，三山跟在后面。买了3.9元的鸡蛋，光远给了4元，站着没走，等着找补。老大爷补完钱，等光远、昌文转身离开，就小声念叨："老师酸得很，1角钱都要补！别人两三角钱都不要补。"三山一听火冒三丈："你说啥子？喊你补钱就酸，不喊你补钱就不酸？你喊多少我们就给多少，没跟你讨价还价，你还说老师酸。明明是你想占别人便宜，反而说别人酸。老师不偷不抢，不贪不占，光明正大，辛辛苦苦挣点儿微薄的工资，没让你占便宜你就说老师酸。你再说我跟你没完！"老头自知理亏，不答话，光远和昌文把三山拉走。

夜来无所事事，单身汉就把教室里的桌凳拉开，提来录音机，在凹凸不平的地面上跳舞。幼儿班李老师带来一胖胖的女孩儿。

"可以跳一曲吗？"三山很绅士地一伸手。女孩儿高兴地站了起来。

前进、后退、旋转，女孩儿配合得很默契。一跳便知是舞林高手。

"美女，是李老师的同学吗？"

"不是,是闺蜜。"

"哦,没见过。"

"我可见过你。"

"真的?"

"当然。我家离这儿近。在街上见过你。你没注意我。"

"是吗?不可能哟,美女我不可能不注意。"

"说明我不是美女呀!"

"哈哈哈,你太厉害啦!你是美女,我眼瞎。"

"敢告诉我名字吗?"

"有什么不敢的——肖潇。"

一来二去大家就熟了。除了跳舞,有时也一起逛马路,一起弄饭吃,喝小酒儿。小肖偶尔会单独到三山房间聊天。

小肖说:"老师好!有文化,有素养,做老公好。要不是我将要顶替我爸到铁路上工作,我也去考老师。"说完,含情脉脉地看着三山。

三山笑而不语。小肖不是三山喜欢的类型,没感觉,况且小肖的哥哥是小混混,不是一路人,不进一家门。

小刘来学校看三山,有人告密。

晚上,小刘问三山:"你打算什么时候跟我结婚?"

"你父母都还没同意,再说吧。"

小刘一夜不理三山。

小刘说:"我又怀上了!"

"做了吧!"

"不能再做了,医生说再做今后可能怀不上。不做了。

结婚吧!"

三山不语。其实三山很犹豫。小刘为了跟他在一起,在家受了很多委屈,三山很感动,可是他们性格差异太大,没有一点儿共同爱好,今后怎么过?况且三山心灵深处旮旯角里还给英子留有一点点儿位置。

小刘很不愉快地走了。

周末,三山到姐姐家,爸爸对三山说:"你和她谈那么久了,该结婚了吧!她家里那么反对,都一心一意跟你,你还有什么不知足的嘛!况且她勤快,对我和你妈又好。你还想怎样?她说她生是周家人,死是周家鬼!你看怎么办?赶紧把婚结了,莫惹麻烦!"

再到学校,小刘带来了结婚证明,她说:"我证明开好了,肚子里也有了,不结婚我就不走。反正我没脸见人了,不结婚我就是死也死在你这儿!你看着办吧!"

校长劝三山:"小刘人不错!证明我已给你开好啦,把婚结了,安安心心过日子。"

没有婚纱照,没有婚宴,就给同事们发点儿瓜子、糖果,三山父母给了500元钱,买了一台半自动洗衣机,一台14英寸黑白电视,把证一领就算结婚了。

就这样!就这样!三山在不悲不喜中,平平淡淡中,或者说还有点儿不情不愿、略带麻木中,走进了婚姻的殿堂!

下篇 | 重逢又诀别

赛课相逢

沿江撤县建市，撤乡并镇，银峰小学并入中江镇，纳入城区管理。

"中江片区'思想品德'赛课，谁愿意去？"校长问。会场一片沉默。

"没人报名，周三山，你去吧。你年轻，精力旺，有干劲儿，有激情。"

三山没参加过赛课，也没见识过赛课。他想：赛课可能就是把课备精细点儿，讲得生动点儿，上得有激情点儿吧。

经过抽签，三山第一个上场。教材上就几句话、几幅图，但三山收集了故事，画了简笔画，将简单的内容上得生动有趣，板书也简单明了，孩子们听得津津有味。三山自我感觉良好。

然后看别的选手上场。

第二个出场赛课的是城区树人小学的代表。

上课铃还没响，她的团队就帮她搬大彩电，安装

DVD。一个熟悉的身影走进教室，英子？真是英子！几年不见，英子成熟高雅，端庄大气。比原来略略瘦了些，更显高挑。她穿着一袭得体的红色花边长裙，脖子上围着丝巾，乌黑柔顺的秀发整齐地披在肩上，略施粉黛，朱唇杏眼柳眉，满目含情。三山有些激动。英子把课讲得生动有趣，课件准备得很充分。每一个故事都有视频资料补充，大大地激发了孩子们的兴趣。孩子们情绪高涨，积极互动，故事表演的时候，把手举得老高老高，生怕老师看不见。

听了英子的课，三山低下了头。不得不承认，英子已经遥遥领先了。

英子上完，也来听课。

三山起身迎上去，英子看见三山的一刹那，愣了一秒，随即张大嘴巴，指着三山，刚说个"你"字，发觉人多不妥，不再说什么，满面笑容，迎上来握住三山的手，压低声音问："你怎么在这儿？"

"我调到银峰了，现在归中江管。"

"哦，好！毕业后还没见过你！见到你太高兴啦！现在听课，中午一起吃饭，再聊。"

"好。"

后面的课，三山印象比较模糊。

"老板，鱼香肉丝、萝卜炖排骨、清炒小白菜、两碗豆花。"三山刚点完菜，英子飘然而至。

三山赶紧拉开凳子，夸张地用衣袖擦了擦，伸手做出请的姿势："仙女请坐。"

"哈哈，顽皮！"

"老师批评得对，学生改正。"

"刚才过来，到美文的住处看了看，没人。本来想喊他一起来。慕容、文静前两年也分别进城了，她们离得稍远一点儿，今天来不及联系。有机会再约。"

"对呀，很久没见到他们，怪想念的。也不知美文长高点儿没？"

"哈哈，一辈子都要长呀？"

"他寝室没人，去办公室找找呀。"

"他虽然还住在学校，但已经借调到广播局去了。中午也许不回来。不凑巧就下次吧。"

"哦，到广播局去了呀！好呀，比在学校好！他普通话这么好，到广播局更有发展前景。"

"嗯，但是广播局经常要出去采访，还是比较辛苦的。说说你吧，几年不见，都干什么去了？"

三山把自己分到金峰，辗转调到银峰，沿江撤县建市，银峰划归中江以及结婚的经历简单叙述了一遍。"你呢，仙女？你是上天了，还是一直在人间？找到董永哥哥没？"

"我要是仙女，就把你变成哑巴，不让你说话。我进树人后，学校安排名师白老师带我。白老师爱思考，有自己的见地，善于创新，上课很有艺术，孩子们很喜欢她。她工作勤勤恳恳，认真负责，家长也很喜欢她。她指导我参加了多次赛课，效果都比较好！"

"难怪！刚才听了你的课，我感觉有点儿无地自容，和你差距太大了。你们出来赛课，还有专门的老师指导呀？"

"当然呀！你们没有吗？我们赛课，代表的不是我们自己，而是代表学校。任何老师赛课，都有一个专门的团队帮助进行教案设计，教案成熟以后，还要反复打磨，在校内不同班级反复上，反复修改，直到大家都认可为止。领导重视，加上集体智慧，呈现的课堂质量确实不一样。"

"唉，这就是城乡差距。我们全靠自己。不过，这次出来，确实增长了见识，开阔了视野。今后我再参加赛课，你指导一下我，行不？"三山认真地说。

"可以呀！怎么谢我？"

"你想怎么谢就怎么谢！"

"讨厌！"

"找到哥哥没？"

"华子经常来信。我告诉他不可能。他说我是嫌弃他分在偏远农村，嫌弃他穷。他停薪留职到深圳去了，叫我等他，他要挣很多很多钱，再来找我。我告诉他，我根本不是嫌他分在农村，也不是嫌他穷。一是没感觉。二是我们很多看法、想法不一样，也就是三观不合。虽然他对我很好，我很感动，但感动不是感情！我跟他讲得很清楚了，希望他随着年龄的增长，社会阅历的增加，能慢慢明白过来，不再一根筋。你明白我的想法不？"英子问。

"明白。你就是想找一个你一见到心就怦怦直跳的那种，但你要把心捂紧些，谨防跳出来！"

"呵呵，我好想体会一下那种感觉，可惜现在还没有！感觉这东西真怪，说不清楚。"

"好吧！你就跟着感觉走，紧抓住梦的手，脚步越来越近，越来越温柔……"三山唱起来。

转机出现在"自然"说课比赛。提前二十分钟抽取说课内容，每个参赛选手都只有二十分钟的准备时间，这就特别考验选手的基本功和个人素质。说教材，说教法，说教学过程，三山对重难点的分析与把控、学具的准备、突破难点的讲解，都让台下的评委不断点头，脸上露出满意的微笑。

经过激烈的角逐，结果终于揭晓：三山以0.5分之差排名第二。因为第一名的冯老师代表沿江参加过全重庆市的比赛，而且获得了一等奖。评委的点评是：两个都说得很精彩，不分伯仲，但冯老师更稳，细节把握得更好一点儿。

抉 择

银峰学校划归城区管理以后，改善办学条件，修建新教学楼很快就被提上了议事日程。新教学楼的选址在老校区对面，中间隔一条小溪。小溪还保持着原始风貌，溪水清澈，没有一点儿污染，两边竹林成片。在月光朦胧的夏夜，星星也稀稀散散，看什么都模模糊糊，正好看萤火虫。

沿着学校背后的公路往上走，不一会儿，整个山谷尽收眼底。成千上万的萤火虫在山谷里一闪一闪的，像一条蜿蜒扭动、金光闪闪的巨龙，蔚为壮观。路旁有一块儿乌龟似的大石头，爬上去，站在上面，张开双臂，什么也别想，什么也别说，眼睛定定地看着山谷里舞动的巨龙，看着看着，看着看着……感觉身体越来越轻，越来越轻，最后慢慢飞升而去，耳边只有呼呼的风声……无限爽！

设计图上，小桥飞架，连通两校区，桥上亭台楼阁，桥下流水潺潺，整个校区静雅清幽，是学习和生活的好地方。想想都美得让人睡不着。

计划没有变化快。最后只兑现了一栋三层的六角形教学楼。由于此地原来是稻田，地质较软，还不能硬化，操场只是简单地碾压了一下，一到下雨天，操场上泥泞不堪。低年级的孩子觉得好玩，赤着脚到操场上奔跑打水仗，弄一身水一身泥，家长和老师都哭笑不得。老师们穿着长长的筒靴，深一脚浅一脚，小心翼翼地涉险前行……

师生们找来煤炭灰铺出一条路，几次雨后，又恢复原样。再铺，再泥泞……循环往复。

学校条件在逐步改善，但随着改革开放向纵深发展，粮食系统失去垄断地位，小刘所在的粮食加工厂以前是计划生产，完成计划，便衣食无忧；而现在，计划没了，市场化了，大家的思想却未转变，还在等计划，不主动出击找业务，所以效益越来越差，工资没保障，常常拖欠。小刘休完产假上班，孩子周舟没人带，自己的父母只好来帮忙。他们还带着小刘哥哥的俩孩子。小刘分到的是一室一厅，30多平方米的小房子，要住6口人，只得把厨房搬到阳台，客厅改成卧室。小刘和舟儿住小间，小刘父母及俩孩儿住大间。三山的工资，除了在银峰的基本生活费和来回交通费，全部上交。每到月底，就没钱买奶粉，时常靠姐姐接济才能度过。三山常为奶粉钱发愁。

城区学校开始置办校服，利用周末，三山到熟识的学校跑跑，看能否拿到订单。跑了一大圈，一无所获，而交通费、烟钱、小酒钱反倒开支不少。回到家，小刘在耳边唠叨："你哪里是做生意的料哟！一分钱没挣到，反而贴进去一大截儿。别再问我要钱了，要也没有！奶粉钱都没得啦。"

盲目地跑不是办法，经过思考，三山决定从最熟悉、最有把握的地方做起。

三山找到校长："我们划给中江镇好歹也算城区学校啦！置办套校服穿，参加活动也要体面些。我叔叔、小姨都在朝天门做服装批发，我去拿可以便宜很多。比市场价便宜点儿卖给学生，家长也高兴。"

"我也想啊，统一的校服穿上搞活动肯定要风光些，可是钱不好收啊！家长如果闹起来，不好收场啊！也不知上级领导是什么态度。"

"银峰菜农多，经济条件较好。每到春节前，家家户户卖菜都有一笔可观的收入，等那时再收费应该容易些。"

"这样吧，我写个申请，你拿去找镇里分管领导，他如果签字同意，我这儿没问题。"

三山找到镇分管领导。领导说："只要你们和家长协商好，家长没意见，就可以做，不用签字。"

三山将领导的意见告诉校长，校长说："你去拿几套不同款式、不同颜色的样品来，把价格表拿来，我通知每班来几个家长代表，让他们来选择、定夺，看能不能成。"

十多个家长代表认真察看了衣服的面料、质量、做工，选择颜色、款式，几番讨论、商量以后，愉快地订制了学生的校服。有了这份合同，后面工作好做多了。三山陆续拿到了周边几所兄弟学校的订单。忙活半年，三山挣了点儿钱回家，媳妇愉快地全部收走，连藏在鞋底的私房钱都收走了，一个死角都没留。小刘不当侦探可真是浪费了人才！

加工厂有一间门市，单位推出政策：承包经营，自己挣工资，自负盈亏。加工厂无人愿去，小刘资历最浅，被强行派到门市。

小刘做生意钱足称够，童叟无欺，保质保量，薄利多销，微笑服务，生意越做越好。可是从粮站进货，品种单一，价格较高，到月底结账，除去房租水电，所剩无几，连工资都远远不够。这怎么整啊？小刘整天愁眉苦脸，心里苦啊！三山建议她调整思路，自己进原料，自己配，这样每吨有五六十元的利润。批发、零售兼营。自己到农户手中收谷子，拉回来加工，再销售，利润可以提高许多。

暑假，三山帮小刘到西江收谷子，车子说好下午5点来，三山和表弟把一万多斤谷子一麻袋一麻袋扛到公路边，6点司机托人带口信说车子坏路上了，明天早上才能来。没办法，扛回去明早还得扛出来。三山和表弟晚上只能在路边过夜。

皓月当空，月光如银，给山、树、房屋都披上一层薄薄的银纱。蛙声一会儿此起彼伏，像对唱；一会儿万蛙齐鸣，像合唱。头枕麻袋，蚊蝇扑面。三山把装谷子的麻袋并行排列，睡在上面，感觉凹凸不平，睡一会儿就腰酸背疼，难以入眠。

"哥，还没睡着吗？"

"你不也没睡着吗！那么多蚊子，怎么睡得着？"

"哥,我们到山上去,这山坳里没风,山上有风,就没蚊子叮咬啦。"

"真的?"

"真的!不信上去试试。"

步上山顶,凉风习习,舒服多啦,谷子也在视野范围内。正好有一石坝,躺在石坝上,侧身蜷缩,手臂当枕,不久便沉沉睡去。

一个月饲料卖了三十多吨,大米销售了十多吨,除去开支,利润比两个月的工资还多。

"你干脆停薪留职,回来共同经营门市。"小刘劝三山。

"算啦!这个不长久,生意不好,养不活我们,生意好了,单位肯定要收回去。实在忙不过来,就请个帮工。我不去上班,学校就只能请人代课,别把孩子们耽误了。况且领导也不会同意我停薪留职。我读师范,只会教书,别的也不会,停薪留职几年,到时书也不会教了,我不就成废人了?算啦,我还是干我自己的本职工作。"

"你就只顾自己,不管我!"

"我怎么不管你了?不是叫你请个人吗?"

"请的人哪有自己人肯卖命?"

"没办法,只有辛苦你了。"

"别人都可以停薪留职出来做生意,你为什么就不能?"

"别人是别人。别人学校有老师,我们学校差人。"

"你就是不想干。不心疼我!"

"我心疼,心——疼——得很。"三山用手捂住胸口,做出疼痛状,"周末和假期,我都帮你跑前忙后。"

"一说正事你就扯。怎么成了帮我?我辛辛苦苦为了谁?还不是为了这个家。你难道不可以为家做点儿牺牲吗?"

"施主无理取闹,贫僧告退。"三山逃离家门。

果然,小刘经营合同未满,单位就要收回门市——当然,此是后话了。

诱 惑

三山已收到调入逸夫小学的函。

趁着还未开学,三山到涛哥家玩。

涛哥说:"调到城里安逸了哟!"

"安逸什么?"

"可以补课挣钱呀!"

"难道调进城就是为了补课挣钱?"

"城里的老师都在补。"

"是不是哟?"

"我两个娃儿都在补,一年级就开始。"

"你娃儿成绩很差吗?"

"不差。"

"不差为啥要补?"

"不补怕老师不高兴,娃儿吃亏。"

"老师就这么低的素质?"

"我娃儿先就没补,很多试卷别人有,我娃儿没有,后来就只好去补。"

"补了就有卷子了？"

"对呀！"

"不可能哟！老师能这么下作？"

"还有更下作的。有些东西课堂上不讲，专门留到补习的时候讲。"

"我不相信。这不只是没有师德，而是道德底线都没了。如果真有这样的老师，应该清除出教师队伍。别让这种垃圾破坏教师形象！我一定要好好了解一下，看你说的到底是不是真的。果真如此，欢迎你举报。不是真的，必须自证清白，不能让老师背这口黑锅。"

逸夫小学原在城郊，城市快速扩张，很快融入了城市。这片经商的、做工程的、出租挖掘机的多，加上拆迁赔偿，先富起来了。

9月1日，送孩子报名的车络绎不绝，校门口汽车堵塞，喇叭长鸣。孩子们身着名牌，背着贝贝佳，兜儿里零食满满。

"老师，我娃儿个子矮，位置排前面点儿哟！"

"老师，我娃儿感冒了，麻烦你帮我喂一下药。如果出汗了，帮他脱一下衣服。"

"老师，我娃儿比较顽皮，帮我盯紧点儿哟！"

"老师，我娃儿胆子小，你多抽她发言！"

…………

报完名，还有十来个家长不愿离开。

"还有什么事？"

一个家长欲言又止,另一个家长说:"老师,拼音我们不会,加上比较忙,想请你用课余时间给孩子辅导一下。你辛苦,我们是知道的。你放心,不会让你白干!"其余家长也都附和。三山的搭档袁老师也在旁边不停给三山递眼色。

"你们的心情我能理解,望子成龙嘛。孩子们很聪明,只要上课认真听,按要求完成作业,家长监督一下他们拼读,都能学好,绝对没问题。"

"可是我大女儿每周六上午补语文,下午补数学,晚上补英语,周日上午学舞蹈,下午学钢琴。这个不补不好吧?"

"你女儿学得够多的。到底是你女儿喜欢还是你的意愿?"

"她当然不愿意哟!周末就想耍!可是,这都是为她好呀!现在不吃点儿苦,将来怎么办?"

"硬逼着孩子去学这样,学那样,效果不一定好。女孩儿练练舞蹈塑塑形体,男孩儿练练武术强身健体,我认为是可以的,但得有个度。很多东西,他感兴趣的时候,自己会主动去学,根本不用你安排或强迫。"

"周末不补习,他们不是看电视就是疯玩,我们反而不放心。我们又没时间监管他们。"

"你们的担心我能理解。整个周末都看电视或玩儿,确实不妥。家长多陪陪他们:检查一下他们家庭作业的完成情况,陪他们读读书,看看电影,参加一些社会实践活动，孩子肯定还是乐意的。挤不出时间的家长，适当安排一点儿孩子感兴趣的特长训练也是可以的。"

"拼音很重要，不补习怕孩子掌握不好。"

"请你们放心，孩子们必须一个一个到我面前过关，拼音过不了关，今后学习会很困难。有困难的孩子，我会挤时间单独辅导，而且不会收你们一分钱。行了吧？"

"老师这么说，我们就放心了。谢谢你！"

"不用谢！这是我们该尽的责任。"

家长们满意地离去。

袁老师冲着三山喊："你傻呀？到手的钱都不要！"

"什么钱？"

"刚才家长们不是叫你给孩子们补课，他们给钱吗？"

"这本来就是我们的责任，还补什么，收什么钱？难怪家长们意见大。"

"什么意见？"

三山把涛哥说的话给袁老师转述了一遍。

"那就冤枉老师了。你看到的，都是家长主动要求的。"袁老师给三山解释了为什么补习的孩子有试卷，没补习的没试卷，以及为什么有的知识课堂上不讲补习讲。

袁老师继续说："学校每学期都要评比，我们班不补，别的班在补，到时我们比得赢人家吗？"

"非要补习才能出成绩？家长们对补习意见很大！没有参加补习的家长认为对他的孩子不公平。被动来补，内心又不乐意。况且补了就一定能取得好成绩？上课认真听才是关键，上课不听，课外补又有什么用？我就不信不补习我班就一定会输。平均分多一分少一分又能代表什么？多一分就一定比少一分的行？"

"唉！你呀你！跟你搭档……"袁老师摇着头叹着气走了。

三山暗中观察，他要用亲自看到的真相来评判袁老师和涛哥说的到底谁真谁假。

他发现，确实有不少班级在给部分孩子补习，但没发现涛哥说的现象。

他也发现，部分老师为了高分，家庭作业布置得多。每天语文除了生字、词语抄写外，还要完成一张试卷、一篇作文。数学一张试卷。还有英语……孩子们放学回家就开始做，一直做到晚上 11 点。孩子和家长都在抱怨。老师也在抱怨。不反复练习，怎么能取得好成绩？成绩不好，学校领导又要批评，可怎么办？

甚至有的老师干脆把音、体、美课时也占用来上语、数。

唉！评比不息，补习不止。简单重复的练习也不会止！

三山给涛哥认认真真地写了一封信：

涛哥：

　　你好！

　　你上次说的两个问题，我通过了解，做如下回复：

　　你说卷子补课就有，不补课就没有。是这样的：正常家庭作业每个孩子都是一样的，卷子是参加补习的家长掏钱请老师印制出来作为加强训练的，所以没参加补习的就没有。你说有的老师上课故意不讲有些知识，专门留着补习时讲。是这样的：课堂上不讲，课外再讲的是奥数题，比较有难度和深度，仅仅适合于学习课本知识精力有余，能力比较强的孩子。所以一般不会在课堂上讲，教学大纲也没做要求，只适合有需求的孩子。

　　不知我讲明白没？也不知你能不能理解？

　　此致

　敬礼！

你的朋友：三山

2004.10

涛哥也给三山回了一封信：

三山：

　　你好！

　　来信获悉。你解释得很清楚，让我消除了误会。

今后，孩子有需要才参加补习，不再参加无谓的补习了。谢谢你！

  此致

敬礼！

你的朋友：阿涛
2004.10

  沟通是消除误会和隔阂的有效方式。否则，以讹传讹，越传越邪乎。做好家校沟通很重要。其实绝大部分补习都是家长强烈要求的，想方设法诱导家长让孩子来参加补习的老师只是极个别，但恰恰就是这极个别，大大破坏了教师的形象，造成了不良的社会影响。

相聚甚好

三山被派到树人小学做交流。

"终于来了个亲同学,太高兴了,晚上聚一下!"英子说。

"必须的,晚上不见不散!"

三山先到餐馆,英子随后飘然而至。

"还有哪些人?"

"还有美文、木子、慕容、文静,他们迟点儿到。"

"没事!等会儿就是。我刚到树人,你要罩着我哈,否则别人会欺负我。你是树人的老老师,大家都得给你几分面子。"

"我老吗?"

"老呀!"

"哎呀,你气人!"

"哈哈哈!跟小学生比,你是老呀;跟我比,起码年轻20岁。说你老,是指你在树人工作时间长、威望高。"

"讨厌!"

谈笑间，文静到了。她的笑容、发型、穿着打扮、说话风格都还是以前的样子。

"哎呀，不好意思，我迟到了。出门碰上家长，多聊了一会儿。"

"美女是允许迟到的。"三山说。

"可我不是美女呀！"

"谁说的？真没眼力，你们永远是美女！"

"你呀，就会哄我们开心。"

"紧赶慢赶还是迟了。"美文歉意地说。

"你是领导嘛，忙哟！"文静说。

"啥子领导哟！"

"你现在是镇长，是领导哟。"

"同学面前永远没有领导，只有同学。每一行有每一行的难处。我毕业出来教书，后来干过播音，当过记者，扛起摄影机四处跑，当秘书没日没夜赶稿子，现在到乡镇，头绪多，整天忙，有些事情老百姓不理解还要骂娘。相比之下，我觉得老师虽然辛苦，但单纯，还有寒暑假，我更愿意当老师。"

"都到了嗦，不好意思，让你们等久了！"木子边说边坐下来。

"你来得正好，问问他感觉如何。"美文抓到了救命稻草。

"说啥子？"木子茫然。

"说说你当副主编安逸，还是当老师安逸。"

"除了累还是累。加班是常事。不小心弄错了字,被骂得狗血淋头。那不是人干的事儿!"

"哎哟哟,比我们还惨。"

"不说了,全是泪。喝酒!"

"好!"

"来,为我们难得的聚会,干杯!"

"干!"大家一齐举杯。

"三山,好好干,争取当领导!"美文动员三山。

"算啦,我是没追求的人。无数次机会摆在面前都放弃了,现在都一把岁数啦,不想那些事儿。我还是认认真真教好书,不被人骂就行了。"

"名校老师,大家都很尊重,谁会骂你?"木子说。

"从古到今,教师都是崇高的职业,一直倍受尊敬。但现在被社会抨击和诟病,源于补习收费、乱订教辅资料以及教育资源不均衡。教育直面大众,涉及千家万户的切身利益,然而,个别媒体添油加醋地报道,制度保障又不力,却让学闹得逞。其实老师心如父母,总是给予与付出,只是很多人不理解。"

"其实任何一个行业都有道德败坏的人,教师队伍里真正道德败坏的人少之又少。但只要出现一例,媒体就铺天盖地大肆渲染,弄得'人神共愤'。"文静补充道。

"最关键是现在老师难当。不能体罚和变相体罚学生。现在的学生不能打,不能骂,不能留。遇到听话的孩子倒还好,遇到不听话的老师还真没办法。无论你讲多少道理,无论怎么感化，有的根本不买账。老师没有惩戒权，学生就没有敬畏之心；学生没了敬畏之心，就什么都敢干。作业不想做就不做，老师不敢骂，不敢留。不想来上课就不来，老师最多通知家长。更有甚者，管严了，居然殴打老师。确实有点儿让人心寒和后怕！现在，学生和家长的权益得到了充分的保障，只要一出事，不管学校和老师有没有责任，家长一闹，学校和老师就得付出代价。老师的权益谁来保护？老师受到侵害，总是忍气吞声，无限退让。教育到底要何去何从？"慕容有点儿激动，滔滔不绝说了起来。

"今天坐出租车，那师傅接了一个电话，电话那头一女子告诉他，她孩子又乱骂数学老师，得去学校一趟。他问对方，孩子为什么骂老师？对方回答因为上厕所进教室迟了，老师批评他，他就乱骂。挂掉电话，那师傅叹口气：'唉，现在的孩子咋办哦？集万千宠爱于一身，要什么父母给什么；父母不给，爷爷奶奶外公外婆也会给。让他们的索取太过随意和天经地义，甚至理直气壮，却从来不懂感恩，不知孝顺，更不会奉献。稍不如意便要死要活，甚至对长辈施暴。这代人，对他们下一代的教育更让人担忧，他们稍不如意就离婚，把孩子扔给爷爷奶奶！'"三山告诉大家今天路上的见闻，"现在有的人拿高考说事儿，我觉得高考制度也有它的优越性和不可替代性！起码它公平、公正。哪怕是寒门学子，只要他够努力，也可以享受最好的教育资源，改变自己的命运。它是深受广大老百姓欢迎的！教育应该改革，但要精心谋划！"

"今天这聚会怎么成你们倒苦水了？"美文笑着说。

"啊，不好意思，一说就刹不住车。"慕容歉意地说，用手捂住嘴。

"你们说的这些现象的确存在，不过肯定是暂时的。改革本身就是在摸索中前进，难免会出现这样那样的问题，我们在不断地改进和纠偏。要相信：一定会好起来。"

"说得好！"英子夸赞。

"好，不说了，开开心心走一个！"美文举起杯。

"干！"

护花使者

开学第二天早上,三山跨进校门,看见一个女孩儿躺在地上,头发凌乱,手脚胡乱挥舞,放声恸哭,嘴里大喊:"我要回家,我要回家!"

那哭声,那样子,似乎是受了天大的委屈。

书记、值周老师、保安和两个同学围在她身边。

三山上前,悄声问保安:"怎么回事?"

保安摇摇头,苦笑一下:"不上学。经常这样,没办法,我们只能守着。"

"通知她家长。"

"家长也没法!她奶奶把她送到这儿,才刚刚离开。"

走进办公室,三山将遇到的奇怪事告诉刘老师。

刘老师说:"她就是我们班的,你刚担任我们班辅导员,还不知道?"

"啊,真的呀?我的天!她叫什么?"

"刘琳琳。"

"为什么会这样?"

"她一直比较懒，只要放长假，她作业肯定完不成，没完成作业就不想上学。"

"家长不管？"

"她父母离异，跟着奶奶和父亲生活。父亲在网吧当网管，连续工作24小时，再休息一天。休息时也不管孩子，不是睡觉就是玩游戏。奶奶开家庭麻将馆，对孙女的学习无心管理。家里白天黑夜都有人打麻将，确实影响孩子学习。"

"妈也不管？"

"以前放假，她经常去妈妈家，每次回来，奶奶都会在她面前指责她妈妈的不是，后来干脆不准她去。所以妈妈也没办法管。"

"和她本人及家长沟通过没？"

"孩子的学习，她父亲从不参与，学校的要求他一无所知，老师连他的电话都要不到，有事只能找她奶奶。奶奶倒是在意孙女的学习，但老人没文化，不知道该怎样正确教育孩子，谈了几次，收效甚微。由于不完成作业，成绩不好，她感到很自卑。加上在校门口哭闹以后，她觉得同学们都用异样的眼光看她，不愿接近她，不和她玩，她就更自卑了。"

离异家庭，懒散，自卑，学习上无人监管，加上奶奶在生活上还很溺爱，让她养成了不良习惯。

家庭离异，老师无力改变，但其他可以改变。

三山和刘老师商量，首先应该争取她奶奶的支持和配合。他俩登门拜访，和她奶奶长谈："奶奶！您千万别在孩子面前抱怨和指责她妈妈，否则，对琳琳的伤害会更大，会让孩子更加难过和自卑。她会误认为自己遇到了不良父母，会对自己的父母充满怨恨和不尊重。在孩子面前，要多说孩子父母的好，告诉她虽然爸妈离婚了，但都很爱她！让她感觉到自己是被爱着的，而不是被遗弃了。"

奶奶承诺不再当着孩子的面抱怨。

"每次作业我们都会告知您，请您监督她完成。另外，让她在家帮您做一些力所能及的家务事。不合理的要求您一定要拒绝，不要太迁就她。还有就是您的麻将馆尽可能别开在家里。"

奶奶承诺一定配合。

"你是孩子的爸爸，琳琳是你的贴心小棉袄，今后你生老病死还得靠她照顾你。她很聪明，完全有能力学好，你应该多关心她，多监管一下她的学习。现在还来得及，只要你配合学校，对琳琳加强监管，琳琳一定能赶上来。"三山对琳琳爸爸说道。

"我之前对她确实疏于管理。今后我休班的时候，一定多陪陪她，对她加强管理。"琳琳爸爸表态。

他们还与琳琳进行了爱心交流。

"宝贝儿，希望自己漂漂亮亮不？"

琳琳点头。

"那天你在校门口哭闹，把脸弄得脏兮兮的，头发乱蓬蓬的，漂亮不？"

琳琳摇摇头，面露羞涩。

"你都四年级了，算大姐姐了，校门口那么多同学经过，一传十，十传百，你想该有多少人知道你呀？大家会怎样看你？那样好不好？"

琳琳羞愧地低下了头。

"想不想在同学们心中改变你的形象？把你可爱的形象留给大家，让大家喜欢你？"

"想！"琳琳眼睛亮了，充满期待。

"那好！你表现乖点儿，上课认真听讲，按时完成作业，不旷课。等到我们班值周的时候，校门口的文明示范岗你去站！这样就可以彻底改变你在同学们心目中的形象了。"

"文明示范岗都是选优秀的去站，我行吗？"琳琳怯懦地问。

"怎么不行？可以当'进步之星'呀！就看你努不努力争取，想不想争取。"

"想！"琳琳抬起头，响亮地回答。

"说话算数。老师看你的表现！表现好了，老师绝不食言——拉钩！"

三山和琳琳拉钩。

班上，三山告诉孩子们："一个人不怕犯错，有错能改就是好孩子。刘琳琳同学承诺从今天开始，上课认真听讲，按时完成作业，不旷课。每天穿干干净净的校服，把头发梳得整整齐齐进学校，同学们欢不欢迎？"

"欢迎！"教室里响起一阵热烈的掌声。

"同时，刘琳琳还主动要求为大家服务，她愿意每天帮老师擦黑板和整理讲台，同学们说好不好？"

"好！"大家一齐鼓掌。

"但是说归说，能不能做到，还需要同学们监督。同学们愿意监督吗？"

"愿意！"

"她如果做好了，下次的文明示范岗由她去站，行不行？"

"行！"

这是三山和刘老师达成的共识：要改变她懒的习惯，必须安排她多做点儿事，让她从劳动中获得成就感。

三山和刘老师配合默契，对琳琳无论是监督还是表扬，两人都步调一致，一以贯之。

在老师的关爱和同学们的帮助与监督下，琳琳在慢慢改变。近一个多月，她没旷过课。刚开始，课堂上她不能完全控制自己，也会走神，偶尔也会搞东搞西。三山调了一个优秀的同学和她同桌，经常提醒她认真听讲，不会的作业课后耐心辅导她。现在她上课已不再埋头玩耍，能认真听讲，按时完成作业了。对于周末作业，开始时给她适当减量，现在不减量，她也能按要求完成。她的成绩在慢慢提高，而且每天坚持擦黑板,整理讲台。同学们也愿意接近她,同她一起玩耍了,她脸上绽放出甜美的笑容……

她的每一点进步,三山都会不吝夸奖。

"今天穿得好整洁!"

"今天讲桌整理得真好!"

"今天上课很认真!"

每次得到表扬,她都笑得灿烂如花……

路漫漫其修远兮!三山知道,琳琳的成长之路不会一帆风顺,但他愿意化作"护花使者",一直用心呵护,用爱陪伴……

扎根山区

"周四我要送教下乡。"英子对三山说。

"去哪儿？"

"龙灯山。"

"和哪些人？"

"教委带队，我校就我，不过学校说可以带一个帮忙的。你去不？"

"可以呀！"

汽车在崎岖的山路上爬行。之前三山听过有关龙灯山的顺口溜：

> 龙灯山的山呀，插呀插入云天。
> 龙灯山的路呀，十呀十八弯。
> 龙灯山的人呀，喊呀喊得答应，
> 要想碰个面呀，走呀走半天。

不来不知道，来了才知道这顺口溜描述的是实实在在的情形。山这边和山那边,只隔一条沟,相互之间能喊话聊天,但要碰面,不走个一天半天还真不行。

盘山公路不但弯拐多,而且还很窄,错车难。转弯处,迎面来辆大货车。无法错车,三山他们的车只得后退,右后轮退出了路基。大家吓出一身冷汗!如果掉下去,悬崖峭壁,直坠谷底,大概只剩几个轮胎!幸好司机处理及时,大家轻手轻脚,依次下车,其他车拖了一把,才继续前行。三山坐后排,被甩过去甩过来,晕头转向,直想吐。

颠簸了两个多小时,终于到达目的地。在办公室匆匆喝点儿水,就开始上课。英子上语文习作课,三山负责播放课件。走进教室,孩子们已静息好,后面坐着黑压压一片听课的老师。

课进行得很顺利,三山播放课件的间隙,认真扫视了一遍后面听课的老师,一张熟悉的肉嘟嘟的圆脸跳入眼帘:白皙的皮肤有了皱纹,炯炯有神的大眼,浓黑的眉毛,浓密的头发里夹杂着些许白发——华子!他是20多年从未谋面的华子!双方确认过眼神,会心一笑。

下课铃一响,三山和华子冲向对方,相互一拳,然后指着对方,异口同声地说:"终于见到你了!"

"20多年不见,死哪儿去了?"三山玩笑中有责备。

"世界巡回讲课!"

"哈哈哈……"

"每回同学会都不来,到底干啥子去了?必须老实交代!"三山说。

"对头，必须老实交代！"英子赶过来，附和道。

"是不是还放不下呀？嗯？"三山意味深长地看看华子，然后转向英子。

华子上前和英子握手，很坦然。

"说！20多年不和同学们联系，到底为什么？"

"说来话长。"

"话长也要说，我们有耐心听。"三山和英子说。

华子陷入回忆："毕业后，我们六人分到龙山乡。三个女生留在中心校，三个男生下村小。我们村离中心校最远，不通公路，步行两个多小时。六个班，加幼儿教师共七人。其他六个都是本村的，放学后处理完事务各自回家。夏天还好，大家忙完还一起打打乒乓球，或者聊聊天，较近的孩子也在学校活动活动，吃过晚饭，备会儿课，看会儿书就可以睡觉了。冬天就惨了，放学后老师和同学们即刻离校，漆黑的山村，宁静的校园，漫漫长夜，除了孤独寂寞，就是冷，刺骨的冷！想喊，不知喊谁；想说，不知说给谁听。想哭，好像不够男人……想到英子，觉得是那么遥远，远得遥不可及……不！我不能这样过，不能让英子看不起我！我必须改变，我要挣钱，挣很多很多钱，追求我的幸福，追到英子。

"于是，第二学期，我停薪留职去了深圳。在深圳闯荡两年多，也没什么机会，还是打工。虽然工资比教书高，但始终感觉自己像浮萍，没有归属感。随着年龄的增长，见识的增多，我逐渐明白爱情不是一厢情愿，也不是钱能决定的。我就回来了，静下心来教书。我这儿到乡里要几小时,乡里坐车到县城还要几小时,而且还经常坐不到车。同学会有时是不方便,有时是不知道——抱歉,实在抱歉!"

"同学会没参加倒没什么,关键你后来怎么样?"三山和英子关切地问。

"很好呀!在村上找了个女孩儿结婚。这几年路修好了,政府大力发展绿色旅游、乡村旅游,我家旁边修了滑翔伞基地,来旅游的人越来越多。我们开了农家乐,生意还不错。"他说起来一脸的幸福和满足。

"看你幸福的样子,我们很开心。"三山和英子说。

"谢谢。"

"下次同学会一定要参加哈!"

"一定参加!现在我有车啦,方便多了。"华子高兴地回答。

中午吃饭,三山悄悄问校长:"华子为什么还在村小?"

校长说:"两次调他到中心校都没成。第一次他所教班级考了全乡第一,调他上来,所有家长、孩子都苦苦哀求他留下,村干部也强烈请求他留下,他留下了。第二次调他,他自己不愿意来了。他说他已经离不开那儿了——啊,谢谢他们!正是因为有一大批像他一样的中师生,几十年勤勤恳恳,不离不弃,扎根山区,才撑起了咱们的乡村教育!"

是啊,中师生是乡村教育的基石,为振兴乡村做出了巨大贡献,为他们点赞!

同学会格外芬芳

电话铃声响不停,三山急忙从卫生间跑出来接听,那端传来陈实的声音:"这么久不接电话,以为你挂了!在哪里?"

"别担心,不到一百岁死不了。在家里的,啥子事?"

"到幺哥餐馆来喝酒,不见不散哈!"

"好,不见不散。"

"以为你请吃饭又有什么好事儿。清一色'美男子',吃着有啥劲儿?女同学们呢?"三山问。

"喊美女同学吃饭还不容易吗?我几个电话就可以请来一桌。不过,来了该你买单。"

"少扯,来了也该你买单!"

"看嘛!美女打电话查房来了!嘘!不准说话。"

"喂,还在开会?好啦,好啦……待会儿打给你。"

"你跟媳妇撒谎不怕遭雷劈吗?"三山喊道。

"我头上有避雷针,安全!"

"哈哈哈……"全场一片笑声。

"头上装避雷针,时尚哦!"刚子说。

"当然。"陈实洋洋得意。

"臭不要脸!"三山笑骂。

"臭脸有啥用?我这是香脸。"

"友情提醒,不要脸的人会死得很惨哟,谨防无人收尸,暴尸荒野!"三山反唇相讥。

"这不用你担心,没人收尸,等它自然风干成木乃伊,还可以为科学研究做贡献。"

"关键你浑身上下,从头到脚,从心到肝,没有一处好的,也没啥值得研究的呀!"

"哈哈哈……"

"玩笑不开了,现在商量正事。"陈实一本正经地说,"毕业25周年的日子马上就要到了,看怎样组织一下庆祝活动?"

陈实一说,大家更活跃了,你一言我一语,纷纷发表意见。

"必须的,25周年得好好庆祝一下。"刚子高兴地喊。

"时间就定在七八月份,这样大家都有空,都能参加。"安安说。

"活动时间以2至3天为宜。"朱老高说。

"地点的选择,得在群里征求一下大家的意见。"忠华说。

"以班级秘书处的名义,先在群里发个倡议,内容由秘书长拟定。"光华建议道。

"好、好、好!"大家拍手赞成。

倡议书

最最亲爱的同学们:

  还记得吗?28年前,我们越过白山黑水,迈过沟沟坎坎,背着行李,挑着箩筐,怀揣激情与梦想,带着青涩与期待,相聚在一起。中师3年同窗苦读,让我们倍感温馨与难忘!25年前,我们一同出发,步入社会,开启各自的人生旅程。3年同窗,关系远近亲疏各不相同,但25年后的今天,看着照片上一张张可爱的笑脸,每一个都是融入我们骨肉的亲人。前尘往事仿佛就在昨天,然而时光已匆匆溜走数十年。

  亲爱的同学们,时不待我,我们已过不惑,即将进入天命之年,让我们放飞自我,来一次最最纯粹的同学聚会吧!时间暂定7月24、25、26、27四天。地点、方式请大家畅所欲言,各抒己见!衷心期待你的参与!

八七级(三)班秘书处
2015.6.6

经过大家充分酝酿与商讨,同学会成行。

25周年同学会安排

一、融情时刻

7月24日下午6点钟以前,先到的同学在海艾山庄自由活动,6点钟集体合影,然后共进晚餐。餐后唱卡拉OK或打麻将,11点夜啤酒,就地住宿或回家。

二、欢乐之旅(按旅行社安排)

25日早上7点左右统一坐车前往黑山谷,游黑山谷原始生态旅游区,夜宿万盛。26日早餐后乘车前往南川神龙峡,尽赏神龙峡自然、人文景观(后可自费参加激情浪漫的峡谷漂流),夜宿天星镇。27日早餐后乘车前往金佛山,赏"九尾凤天",观常青崖;后往金佛寺参观;再游览金佛山天星小镇风情商业街;乘车返回沿江,共进晚餐,依依话别。

全班40人全员参与了海艾山庄的聚会。36人出游,24男,12女。出发前,通过抽签组合,两男一女组成"临时家庭"。两男全程负责照顾该家"女主人",活动结束时评选最佳临时家庭。这下男生可积极了,背包的背包,打伞的打伞,照相的照相。总之一句话,女生只管微笑和玩耍。

"美女,怎么能让你削水果呢?让我来!你只负责张嘴。"光华说。

"三山哥，借你们家美女合个影，行不？"朱老高要求。

"行是行，但晚上你得多喝几杯。"

"有人为红颜命都不要，几杯酒算什么！"

"好，耿直！美女借给你！"

"几个坏家伙。我同意了吗？"英子喊道。

"这几天你属于我们，我们说了算。"

"鬼！你俩是我的奴隶，我是女王！"

"好吧，只要你同意借，女王就女王！"

"尊贵的女王陛下，合个影呗！"朱老高单膝跪地。

"好吧，赏你一次合影！"

"靠紧点儿，靠紧点儿！"大家起哄，笑声和掌声在山谷里回荡。

"哎呀，太累啦，走不动啦！"慕容喊道。

"来，我背你，容儿！"光华跑上前，称慕容为容儿，大家也觉得这样叫更亲切。

"去！她是我们家的，要背也轮不到你。"刚子说。

…………

游完黑山谷，乘坐旅游大巴到景区大门，全体同学高唱《歌唱祖国》《同桌的你》《再回首》《月亮代表我的心》……陈实还跑到前面去装模作样地指挥，全车一片欢腾。

"把定位发过来，我和木子快到了。"美文和木子工作努力，成绩斐然，现在是沿江主要领导，因工作原因，白天不能和同学们共游黑山谷，晚上赶过来和大家相聚。

"定位已发到群里，请查收，等你们吃晚饭哈！"容儿回复。

"OK！"

"离吃饭还有一阵，走，出去转转。"三山建议。

农家乐旁边有一条小溪，溪水干净清澈。

"走，下去捉螃蟹。"陈实说。

"好！"大家一致赞成。

扔掉鞋子，赤脚下水，虽然是夏天，水还是凉凉的，把滚烫的脚刺激得很舒服。下水后，三山搬开一块儿石头。

"啊，螃蟹！"英子尖叫。

朱老高一把抓住螃蟹，举到英子眼前，英子吓得赶紧躲，被脚下石头一拌，摔倒在水里，衣裤都湿了。三山和华子这下可不依了："敢欺负我们家的，饶不了你。"说完就往朱老高身上泼水。朱老高还击，殃及旁人，参加水战的人越来越多。后来干脆不分敌我，见人就泼，好似过泼水节……所有人衣服都湿透了，闹够了，才回农家乐。

餐后文艺表演，以家庭为单位。

"美文、木子，你俩后来，12个'临时家庭'，这儿有12个阄，你们抓到几号就跟几号一家。"

"天灵灵，地灵灵！保佑我抓到9号行不行？"美文装腔作势地在那儿祈祷。

"我看行，我看行！"陈实装神灵，双手合十，闭目打坐，口里念叨。

大家笑得前合后仰。

美文真抓到了9号家庭，美文、三山、华子、英子组成9号家庭。他们的出场最具特色：美文和华子双手交叉组成"花轿"，英子坐在"花轿"上，美文和华子抬着"花轿"一颠一颠出场，三山扶着"花轿"边唱边跳：

> 我嘴里头笑的是呦啊呦啊呦，
> 我心里头美的是嘟个里个嘟，
> 妹妹她不说话看着我来笑啊，
> 我知道她等我来抱一抱。
> 抱一抱那个抱一抱
> 抱着那个月亮它笑弯腰
> 抱一抱那个抱一抱
> 抱着我那妹妹呀上花轿……

"接下来，是最经典的节目《四天鹅舞》。由八七级（三）班的吉祥三宝为大家表演。请大家准备好掌声、欢呼声、尖叫声和呐喊声。"主持人惠儿调动气氛。台下掌声、欢呼声、笑声一片。吉祥三宝由三山、陈实、风中几个耍宝大王组成，节目给同学们带来无限欢乐。

这几人穿着天鹅裙，扭着肥臀，在容儿带领下跳天鹅舞。陈实屁股对着观众，故意把肥臀摇晃几下，逗得同学们捂住肚子大笑。三只笨拙的肥天鹅在台上你撞我，我撞你，你戏弄我，我捉弄你……

全体集合，朗诵《同学颂》：

　　有同学在的地方，无论是闹市还是乡村，都是景色最美的地方。大家坐在那里，说着过往，拍着胸膛，搂着肩膀，如同看到了彼此青春的模样。因为同学，让我们找到了过去的万丈光芒。

　　有同学在的地方，无论是大鱼大肉还是小菜小汤，都是让人沉醉的地方。你我端着酒杯，不说话，头一仰，全喝光，那种感觉只有你我能够品尝。因为同学，让我们忘却了工作的繁忙和慌张。

　　同学是前世的债，今生的情，常来常往，格外芬芳。

　　有同学在的地方，就是景色最美的地方。

最后，活动在《难忘今宵》的歌声中结束……

职评无语

"要参加本次职称评定的老师,请在 10 月 18 日 18 点之前将书面申请交到李书记处。本次有初级职称名额九个,中级职称名额五个,高级职称名额两个。请符合条件的老师积极申报,注意时间节点。年级主任负责通知到每一位老师。"学校 QQ 群通知。

"英子,你交申请没?"三山问。

"还没交。"

"怎么还不交呢?时间快到了。"

"只有两个名额,竞争太激烈啦,希望不大,所以不想交。"

"你是重庆名师,沿江学科带头人,获奖无数,工作勤勤恳恳,认真负责,工龄又长。你最有希望!为什么不交?快交!"三山催促英子。

"请申报评职的老师,22 号 18 点之前,将文凭、继续教育证书、获奖论文、获奖证书原件交行政服务处王老师处。"

"请审核通过的老师，在下周星期一教师大会上述职，进行民主测评。"

经过职评小组考核，英子遗憾落选。英子积分排名第三，排名第一的是分管教学的张副校长，排名第二的是李书记。

结果公布后，英子什么也没说，回家连饭都没吃就睡了。

学校舆论一片哗然，群情激愤。

"勤勤恳恳工作有什么用啊？什么好处都让领导占了。"

"教书不如当官。"

"一线累死累活，不如人家指手画脚。"

英子沉默了，人也憔悴了很多。

"明显对你不公，你为什么不吭声呀？大家都愤愤不平，你为什么不去找校长讨个公道？"三山质问英子，情绪有点儿激动。

"有用吗？"

"没用也要死个明白呀！"

"死都死了，明白有啥用？"

"你呀！自己生闷气有屁用。一点儿都不像你了，以前你可是敢说敢当，天不怕地不怕的主儿。现在怎么成这样了？"

英子不再说话，三山气急离开。

学校领导看到气氛不对，许多老师都有情绪，校长主动找英子谈话。

"请坐！来，喝茶。"校长热情地端上茶。

"不用。"

"你对这次职评有什么看法？"

英子摇头。

"没关系，有什么想法大胆说，今天我们就是朋友间聊天，别有什么顾虑。"

英子仍然不说话。

"我知道，你工作勤勉认真，成绩突出，为我校做出了巨大贡献。这次没评上，肯定感到很委屈，很难过。"

这话击中了英子的痛点，英子的泪水马上就流出来了："我实在想不通，为什么有的人已经几年没上课了，今年就象征性地安排几节课，就能评上高级？不是说要有3年以上班主任工作经历，要在教学一线才行吗？"

"你说的我明白。校级干部不受班主任工作经历限制。他因病确实有一段时间没上课，但他之前上了课，而且成绩也不错。他在学校管理方面付出很多，做出很多成绩，对学校贡献也大。况且，他年纪大了，很快就要退休了。这次对他确实有点儿照顾，他在民主测评和领导小组考评环节上的分数确实比你高。他工龄略占优势，你业绩略占优势，但总分确实比你高一点点儿。你高风亮节，谦让一下老同志，下回有名额一定优先考虑你！好不好？"

英子默默离开。

"怎么样？"三山急切地问。

英子将校长的话转述给了三山。

"你就信了？你看吧，首先考评制度设计就不合理：4项分值，工龄20分，业绩10分，民主测评20分，考评小组考核40分。工龄每年0.5分，20分封顶，他比你多3年，多你1.5分。你教学业绩再好，获奖再多，顶多就10分，他至少有个七八分吧，你顶天也只比他多一两分。民主测评，打分低于25分无效，最高30分，差距也不会太大。考评小组考核40分，哪怕你前面领先10分，这一关都能被抹平甚至反超。考评小组七人，五个校级干部，两个老师，个个都是人精，哪个不是听校长的？哪个不是看校长脸色行事？哪个会为你去得罪校长？而且他们还得为自己今后评职称打算，这次投了桃，下次别人定会报李。实际上就成了校长决定评谁就肯定是谁！如果把业绩和考评小组分值对调，业绩占40分，考评小组考核占10分，那被某一个人操控的可能性就极小。而且重业绩，轻领导意见，更能调动教师的积极性，更公平、公正。即使评不上，也心服口服！如果那样考评，这次的结果肯定不一样！你就应该质疑考评制度的合理性！"

"定都定了，质疑有什么用？"

"反抗不了，就学会享受吧！别在那儿生闷气，伤害自己！自己也省省，别那么拼命。"

"我也千万次地问自己：这样拼死拼活到底为了什么？受了委屈和不公，我也想放弃，我也想偷一下懒，但是走进教室,看到一双双渴求的眼睛,一张张率真的笑脸,我做不到!我真的做不到!如果我不认真,相当于把我的委屈和不公让孩子们来承受,这样对他们也不公平!"

"你呀!责任和良知高于一切。那就忘掉不快,整理好心情,轻装出发。"

生日不快乐

英子少言寡语,白发越来越多,人瘦了,眼角的鱼尾纹更深了。

"杨贵妃怎么变成林妹妹了?"三山笑问英子。

英子不语。

"还在为评职称怄气?"

英子摇头。

"那一天到晚愁眉苦脸的干啥子?"

英子黯然离开。

"英子今天过生日,城里的几个同学聚一聚,给她庆祝一下,行不?"容儿发来信息。

"这段时间她情绪极度低落,我跟她说话都不理我。不知道她出不出来,你先问问她。"三山回复容儿。

"好。"

"她说不舒服,不出来。晚上我们几个去她家,给她个惊喜。"

"行,但愿不是惊吓。"

晚上，三山、容儿、文静提着蛋糕去看英子。

咚咚咚，容儿敲门。

没动静。再敲。咚咚咚，咚咚咚……

"难道没人？"

过了许久，才传来一声低沉的问话："谁？"

"英子，我是容儿，快开门。"

门一开，大家齐唱："祝你生日快乐！祝你生日快乐……"

三山和文静捧上蛋糕。

大家这才发现，英子眼圈红红的，显然是哭过。家里冷锅冷灶，一看就没做晚饭。容儿巡查了每一间屋子，除了英子，没有任何人。

"你家晓峰呢？"容儿问。

"没回来。"

"今天是你生日，他都不回来，不会吧？"

"他忙。"

"他现在不是一线记者，能有多忙？一起吃顿饭都没时间吗？好，就算他忙，打个电话，发个微信总行吧？你把电话拿我看，看看他到底有没有给你打电话或发微信。"

英子没动。

"快拿给我看呀！"

英子仍然没动。

容儿急了，夺过电话查看。

"从昨天到现在，没有他的通话记录，也没有微信、短信。这不正常！我马上给他打电话，问问他到底在忙什么。"

英子一边抢电话一边喊："不要打！不要打！"

"为什么不打？你必须告诉我们，否则，我们一定要打。"

英子低头不语。

"你说呀！我们相处几十年，亲如姐妹，有什么不能说的？看你现在又黑又瘦又憔悴，我很心痛！今天你过生日，一个人孤孤单单在家，我们一进屋就发现你眼圈红红的，一定哭过。你一定有什么事儿瞒着我们……"说着说着，容儿伤心起来。

英子开始流泪，但仍然不语。

"你哭就说明我猜对了。你说呀，别让我们着急行不行？"容儿很着急，眼泪都快掉下来了。

过了良久，英子才说："我没脸说呀！"

"什么没脸说呀？我们可是你的亲人呀！难道我们会笑话你吗？你别把什么都憋在心里，说出来，看看大家能不能帮你！"

英子重重地叹了口气，慢慢地讲述起来。

原来，1996年，英子代表中江镇参加沿江市的赛课获得了第一名。一个很年轻的记者走过来，对她说："英子老师，课讲得真精彩！祝贺你获得了第一名。我是广电局的记者冯晓峰。我想采访你一下，行吗？"说完，他把记者证递给英子看。

此人一米八左右，有着刘德华的脸、汤镇宗的身材，阳光，充满活力，英子的心像被什么撞了一下。

"我没什么动人的故事，采访什么呀？"

"没关系。我提几个问题，你回答就行！"

"好吧。"

"这次赛课，云集了全沿江市的高手，你这么年轻，获得第一名，有什么感想？"

"高兴，激动，意外。"

"特别想感谢谁？"

"感谢我们的磨课团队，感谢学校领导的关心和支持！"

"一路过关斩将，一定很艰辛吧？"

"对。这次是沿江撤县建市以来，规模最大、规格最高的一次赛课，高手云集。我们学校调集了本学科的名师、教学骨干、学科带头人组成团队，从教案设计到磨课、试讲，全程跟进，反复修改，前后近一个月。"英子说，"这个月，我走路在思考，吃饭在思考，睡觉在思考，反复上了十多次课，修改了十多次。吃不好，睡不好，我都瘦了好几斤！不过，能取得今天的成绩，那些付出都是值得的。"

"英子老师，我稿子写好以后要给你看，你同意，我们才能刊登。能留下联系方式吗？"

"可以呀！"英子把办公室电话给了他。

…………

"英子老师，稿子我写好了。请你审阅。晚上有空吗？"晓峰来电。

"放学以后就行。"

"那五点半,我在你们学校后街的'有缘茶楼'等你。"

"好。"英子回答。

晓峰的稿子写得很有文采,英子几乎没改动一个字就通过了。

"英子老师,饭点儿都过了,我们就在附近找个地方,吃个便饭吧!"

"不好吧!为我的事,你跑上跑下,我已经很不好意思了,还要让你破费,我过意不去。"

"没事,我给领导申请了,报账。"

"真的?你们单位这么好?"

"真的。"

"那好吧。"

走在街道上,晓峰让英子走内侧。走进餐馆,他急忙替她拉凳子。

"来,你点菜!喜欢吃啥子随便点。"

"你点。我不会点菜。"英子说。

"那好,也不知你喜欢吃啥,我就照着我喜欢吃的点。"

"老板,鱼香肉丝、家常鲫鱼、山药炒木耳、白水萝卜汤。"晓峰高声叫道。

"嘿,这些菜也是我喜欢吃的!"

"真的?"

"真的。"

"那我们能吃到一块儿。"

席间，晓峰不停给英子夹菜。

"你男朋友来接你不？"吃过饭，晓峰问。

"男朋友？还不知公公婆婆把他生出来没有。"

"哈哈哈，你真逗！那我送你。"

"不远，不用送。"

"必须送！美女走丢了上天都不会饶过我！"

晓峰一直把英子送到家门口才离去。

"英子老师，我侄儿数学作业很多都不会做，周末请你辅导一下，行吗？"

"你也可以辅导呀！"

"我只会做，无论怎么讲他都不懂。看来会做和把别人教懂完全是两回事。你是行家，你讲的效果肯定不一样。"

"不敢称行家，你周末把他带来试试吧。"

"好嘞！谢谢！"

周末，晓峰带着侄儿如约而至。

"子涵，这是英子老师。快叫老师好！"

"英子老师好！"

"你好，真乖！"

"作业拿出来做吧，不会的我跟你讲。"

"英子老师，我坐着无聊，有没有什么事我可以做？"

"没事没事，你休息。"

"我坐着闲得慌，你帮子涵辅导作业，我帮你拖地。"

于是，晓峰帮英子打扫屋子。

子涵来了一学期，英子辅导子涵，晓峰就打扫屋子、做饭。然后几人一起吃饭、聊天、玩耍……天长日久，英子和晓峰是从什么时候开始正式恋爱的，她也不清楚，好像两人很自然就在一起了。

英子的爸爸妈妈见过晓峰以后，爸爸对她说："这个人长得帅，各方面条件也好，但我总感觉他有点儿虚，不够踏实。"

"哪些地方不踏实？"

"具体我也说不清楚，就是一种感觉。你慎重一点儿，尽量多了解以后再做决定。"

英子此时已坠入爱河，她没有听父母的劝告，只觉得晓峰人帅，工作又体面，有上进心，对她又好——就是她理想的白马王子。关键是她第一次见到他，就有一种怦然心动的感觉。于是，一年不到，他们就结婚了。

裂 变

英子和晓峰婚后，虽然各自都忙，但晓峰一有空闲就会回家做饭。周末他们会一起做家务，一起看电影或者郊游。

诗语出生后，英子就更忙了。学校上课，改作业，管理班集体，接二连三的各种教研活动……回家照顾诗语，每天都要忙到十一二点才能睡。这时晓峰当了办公室主任，也特忙，经常很晚才回来，家里的事帮不上忙。

"两边父母都不能帮忙吗？"容儿问道。

"他父母没退休。我母亲白天过来陪诗语，晚上回去照顾我爸，我爸身体不好。"

诗语上学以后，英子还要监管她的学习。

两人就这样各自忙碌着，甚至几天见不到面。有时英子和诗语睡了，晓峰还没回家；她和诗语去学校了，晓峰还没起床。周末，晓峰也经常加班不在家。

诗语到重庆主城上中学以后，英子才稍微轻松了一些。

周末，两口儿会一起到重庆主城看望诗语。

"喂，什么事？好，好的……宝贝儿，对不起，爸爸单位有事，我得赶回去。妈妈留下来陪你。明天晚上我来接妈妈。"

"爸爸，你每次来都只待一会儿就走，丢下我和妈妈。什么事非得你去处理？别人不行吗？"

"对呀，必须我去处理，说明你爸爸重要呀！下周末完整地陪你两天好不好？"

"每次都这么说，一次都没兑现。"诗语噘起小嘴嘟囔。

"下周一定！下周一定！"晓峰急忙保证。

"宝贝儿，听话。爸爸忙，让他去。"英子劝诗语。

"爸爸每次说话都不算数。"诗语不依不饶。

"宝贝儿乖！"晓峰亲了一下诗语，摸摸她的头，走了。

诗语仍然不高兴……

英子揽过诗语："宝贝儿！妈妈陪你。"

此时，有朋友提醒英子："你要多关心关心你们家晓峰哟！"可英子并没在意。

"喂！老婆，今天我值班，不回来了。"

"好吧，照顾好自己。"

那天，英子把所有事情都处理完了，看时间还早，突然萌生了出去走走的念头。她晚上好久都没出过门了，难得如此清闲，正好出去散散步看看滨江夜景，看看几江大桥的霓虹灯，看看灯光映照下波光粼粼的长江……英子漫无目的地走着，不知不觉来到广电大楼下。大楼气势雄伟，霓虹闪烁，美轮美奂。这是晓峰工作的地方，英子从未去过，她突然有一种想上去看看的冲动，也想给晓峰一个惊喜！

英子从保卫处拿到晓峰所在值班室的钥匙，轻手轻脚来到值班室门口，将钥匙轻轻插入锁孔，一扭，门开了。她打开电灯，大喊一声："嘿，我来了！"

沙发上两个赤裸的人条件反射般坐起来，惊恐地看着英子。英子一下懵了，大脑一片空白，愣了好几秒才反应过来，她抓起扫帚，向着沙发上的两人胡乱挥舞几下，扔下扫帚就跑了。

英子一口气跑到江边，坐在石阶上，号啕大哭。

"老天爷呀！我做错了什么？为什么要这样对我？我孝敬双方老人，爱家爱孩子爱老公，工作认认真真，勤勤恳恳，一辈子没做过坏事，没伤害过任何人，连一只麻雀都没伤害过——可老天爷，你为什么要这样对我？难道你连好坏都不分吗？晓峰，你不是人……"

泪流干了，流尽了，声音哑了，可英子的心情并没有半点儿轻松，她几次想跳入滚滚长江，一了百了。可孩子怎么办？年迈的父母怎么办？诗语不能没有妈妈！爸妈不能没有女儿，白发人送黑发人是多么残忍、凄凉！英子呆呆地坐在河边，手、脚、脸、身上的每一寸肌肤都冰凉、麻木，好像不属于自己。天亮以后，她是如何回到学校的也不知道；上课讲了些什么，她也不知道；孩子们问她怎么了,她不敢回答,怕开口控制不了情绪。上完课她就回家了,躺在床上,望着天花板发呆。一闭上眼,值班室里的画面马上就会出现在眼前。她整宿整宿睡不着……白天很困,很想睡,眼皮老打架,使劲儿把眼皮抬起,瞬间又会合上。躺在床上,却翻来覆去,覆去翻来也睡不着。她告诫自己:别去想,别去想!

可只要一闭上眼睛,一些光怪陆离的念头和画面就会跳出来,赶也赶不走!不知不觉间,头发白了,而且还不停地掉。人也轻飘飘的,一天到晚昏昏沉沉的,似睡非睡,做过的事一会儿就忘了……

"那晚他没追来找你吗?"容儿问。

"不知道。"

"后来他一直没回家吗?"文静关切地问。

"回来我没准他进屋!"

"对,这种混蛋,就不该让他进屋!"容儿和文静一齐说。

"不进屋也解决不了问题呀!"三山说。

"嗯,对!后来怎样?"容儿接着问。

"最开始我想离婚,彻底了断,但诗语快要高三了,正是人生最关键的时刻,怕影响她的学业。再加上她一直把我和她爸当成骄傲,如果我们离异,对她的打击太大了,这可能会毁了她一生!"

"那后来到底怎样?"容儿问。

"他跪在我面前,痛哭流涕,说他一时糊涂,犯了错误。希望我给他一次机会,他保证痛改前非,不再和她有任何往来。"

"那你原谅他没?"容儿和文静一齐问。

"我也试着原谅他,可是,每当我们在一起,他对我有亲热举动,我眼前便会不由自主地浮现出他们肮脏龌龊的画面,便会本能地拒绝他。后来,我们就分居了……我们各过各的,互不影响,互不干涉,像两条平行线。只有去看诗语或者诗语回来,我们才在一起。我把所有精力都用在工作上,工作和诗语是我的全部寄托。可是,这次职评,我的工作也没得到认可!我受不了,我真的受不了啦……"说完,她失声痛哭。

容儿、文静上前抱住英子,三人哭成一团。

"你之前为什么不告诉我们?你为什么要独自承受?你经历了地狱般的生活,我们心疼!我们真的好心疼!"容儿边哭边埋怨。

"我不敢说,不敢对任何人说,连我父母都不知道!"

"你真傻,你可以跟我们说呀,我们可是情同手足的好姐妹呀!说出来即使我们什么也帮不上,也比憋在心里好呀!傻妹妹!"

晴天霹雳

老师们正在办公室改作业，突然，一班的几个孩子火急火燎地跑来报告："罗老师，英子老师摔倒了！"

大家一听，知道事情不妙。她前段时间经常胸痛，大家多次劝她去医院检查，她总说："小毛病，没事。"她坐三山对面，三山一直有点儿担心，时常关注着她。大家的心一下子提到嗓子眼儿，快速跑到一班教室。只见她倒在门口，头和上身卡在学生的桌腿下。她脸色苍白，汗水不停地往下滴，似大雨倾注在挡风玻璃上一样，擦拭不净。

三山连忙给体育老师打电话，让他们也来帮忙。三山和刘老师分别拉住英子的手。罗老师扶住桌子慢慢移开，三山把英子的手交给谭老师拉住，一手托住英子的下巴，一手掐住英子的人中。英子脸上虽然汗流如注，却是冰凉的。三山大声呼喊："英子！英子！"英子发出轻微的应答："嗯、嗯……"她费力地睁眼看了看三山，目光呆滞，迷茫。三山紧紧掐住英子的人中不放，吩咐谭老师和刘老师掐住英子的虎口。王老师端来了糖开水，三山接过来，一边呼唤英子，一边将糖开水慢慢灌进英子口中……约莫过了十来分钟，英子的脸色开始好转，眼神不再呆滞。三山从谭老师手中接过英子的手，另一只手托着她的背，轻轻把她扶坐起来。她在小声说什么，三山听不清，好像是说她降压药吃多了……一会儿，体育老师赶来，大家合力把她扶到办公室，安置在办公椅上倚靠着。三山要拨打120，可她坚决不同意。

"没大问题，可能是降压药吃多了，血压、血糖低，一会儿就好了。大家都是一个萝卜一个坑，我请假，就该罗老师一个人顶……她刚生完孩子，身体也不好。"

大家要送她回家休息，她也不同意。

当老师们散去，英子伏在办公桌上休息。

三山继续改作业，不时看看她，心里觉得很酸楚：身体都这样了还坚守在岗，到底是为了什么？

除了责任和良知，实在找不到更好的理由。

暑期，老师们留下来加班整理档案。

窗外阳光发出耀眼的强光，老梧桐一动不动，树上的知了不停地叫，让人心烦气躁。办公室的电扇虽然吹得"哗哗"直响，但仍然感觉很闷热。临近中午，三山发现英子趴在桌子上，用胸口使劲儿抵住办公桌，头发湿透了。

"又痛得厉害吗？"

"嗯。"

"去医院吧！"

"没事。"

"去看看嘛!别拖严重啦,检查一下放心。"岳老师在旁边说。

英子不说话,大家心里一沉,她不是不搭腔的人,一定是疼得厉害!大家对视一下,心领神会,决定强行送她去医院。

"走,我们送你去医院。"

"不去,没事!可能就是胃疼,回家吃点儿药就好了。"

"不去不行,今天由不得你!"

三山拉起她的左臂,架在自己肩上;岳老师拉起她的右臂,架在自己肩上。两人一左一右,连抬带拽,将她弄上车送到人民医院。

一番检查后,医生说需要住院。

办完入院手续,医生问:"谁是病人家属?"

"家属不在,我们是同事。"

"快去通知家属来吧!情况不容乐观。"医生表情严肃。

"我和她既是同学,又是好朋友,能不能告诉我到底什么情况?"三山焦急地问。

"初步判断是胃癌晚期,而且已经转移到肺上了。当然,有待进一步检查……她怎么拖到现在才来?"医生一脸凝重和不解。

三山愣在那儿。他怎么也不敢相信:不幸怎么落到了她身上?上天也太不公平了吧!她还不到50岁呀!她为人谦恭和善，处处替他人着想，工作认真，孝敬父母，爱护孩子。这样好的一个人，病魔怎么就缠上她了呢？

三山立即给晓峰打电话，可电话一直无人接听。无奈之下，三山只得给英子的爸爸打。当医生把英子的病情告诉英子爸爸的时候，他一下懵了，身子一动不动，像一尊雕塑伫立在那儿，嘴唇颤抖，眼泪像决堤的江水奔涌而出。英子的女儿尚未成家，二老需要照顾，她却病倒了，伤痛和无助在这一刻全向老人袭来。他不知所措，除了无声地流泪，不知道该干什么，能干什么……

"英子回来啦！"三山的搭档告诉他。

"在哪儿？"

"办公室。"三山飞似的跑进办公室。

英子头戴一顶绒线帽子，皮肤黝黑，明显瘦了很多，正在和大家交谈。

"回来啦！"三山上前紧紧握住英子的手。

"回来啦。"

"回来就好！"

"感觉怎么样？"

"没事。就是饭量比以前小了，走路有点儿累。不过，没关系。"

三山从帽檐边看到英子的头发已经没了。

"今天就别走了，好好聚一聚。"

"要走，等会儿去爸妈家。"

"咱们好久没见面了，今天一定要好好聚一聚。我通知容儿、文静、美文和木子。"

"我也是好久没见到大家了，怪想的。今天路过这儿，正好进来看看。还有就是想来看看孩子们，六年级了，不知现在怎样。"

下课铃响后，孩子们已经得知英子老师回来的消息，如潮水般涌进办公室。

"英子老师！"

"英子老师，您终于回来了！"

"英子老师，我们好想您！"

……………

有的拉住英子老师的手，有的搭住英子老师的肩，有的给英子老师捶背，有的帮英子老师按摩……

英子笑得合不拢嘴。她摸摸这个的头，摸摸那个的头，端详一下这个，端详一下那个……

"英子老师，您还走不？"

"我病还没好。回家休养一段时间，再去医院。"

"那您啥时候回来？"

"下学期吧，你们学习越努力，我就会越早回来。"

"真的？"

"真的。"

"那我们一定好好学习，让您早点儿回来。"

"一言为定。"

"一言为定，拉钩！"

"拉钩！"

上课铃响了，孩子们一步一回头，依依不舍地离开……走了几十米，一个女生突然跑回来，抱住英子亲了亲："老师，我爱您！我们都爱您！您早点儿回来。"

英子眼里闪着晶莹的泪光。

"三山，我得走了。"

"一起吃了晚饭再走吧。"

"不用啦，妈妈今天生日，我必须回去，另抽时间聚吧！"

"好吧，今天不留你，一定要抽时间聚一聚哟！"三山紧紧握住英子的手。

"保重，一定要保重！"三山反复叮嘱英子。

"我会的，你也保重！"

三山目送英子的背影直至消失……

晓峰因工作原因上周没能到医院看护英子，这周到了周末才急匆匆驾车赶到重庆主城。坐在英子病床前，他拉住英子的手，仔细端详——她又瘦了，精神也更差了。

"英子，对不起，上周没能来。"

英子摇摇头。

"我把诗语叫回来吧。"

"不要告诉她，她还有两个月就学成回国了，我能坚持到她回来。"

"英子，对不起！是我害了你呀，你快点儿好起来吧！我想好好补偿你，好好待你！真的！不让你再受一点儿委屈。"

"现在，我已经不恨你了。也许这就是命！也是最好的结局——没有伤害到诗语，没有伤害到双方父母。我剩下的日子不多了，我走以后，你再找，一定要找一个善良的，能善待诗语的。这是我唯一的要求！你一定要好好地爱我们的诗语，弥补我走的遗憾。爸爸妈妈就我一个女儿，我走了，他们的生活一定很艰辛，如果你还念及我们曾经相爱过，念及夫妻情分，请帮我照顾一下他们。诗语幸福，父母安康，我才能瞑目！"

"一定！我一定！是我猪狗不如，害你成今天这样子！是我惹你生气，不开心，长期抑郁成疾。我悔呀！如果有来世，我做牛做马来偿还今生欠你的……"晓峰泣不成声。

时光在流逝。

"听说英子情况很不好，咱们一起去看看她吧。"三山分别给容儿、文静、美文和木子打电话。

"好的，周末无论如何必须去！"

英子躺在病床上，骨瘦如柴。

"英子，英子！你看谁来了？"英子母亲大声喊。

英子喉咙里"咕咕咕"不知发出什么声音。

"你睁开眼睛看一下嘛！"

容儿和文静上前，握住英子的手，轻轻地呼喊："英子，英子……我们来看你了，你睁开眼睛看看我们！"

英子用尽全力，才抬起沉重的眼皮，半睁着眼，眼珠动了动，目光茫然。

"认不认识？"英子母亲在旁边大声问。

英子没出声……

"她已经认不清人了！"英子母亲哀叹道，"一天到晚基本上都是睡，清醒的时候少。"英子母亲说完，泪水已经挂满了脸颊。

看着英子母亲苍老、憔悴、满是皱纹的脸，大家不知道该说什么。任何语言都安抚不了老人哀伤的心。

看到英子苍白的脸，骨瘦如柴的躯体，茫然的眼神，同学们内心充满无限凄凉与悲痛。

"她已经不认识我们了。"三山哀叹道。

"怎么这么严重？"容儿和文静简直不敢相信，她们找到医生急切地问。

"发现得太迟，况且她本人已经完全没有求生的欲望，彻底放弃了，所以发展得很快。"

大家无语，低下了头。

回到病房，大家默默陪伴了英子一阵，然后默默地退出病房……

跨出病房的一刹那，大家的眼泪奔涌而出！

回来的路上，大家一直沉默……

尾 声

30年了，整整30年！八七级（三）班全体同学踏入沿江师范旧址，心里五味杂陈。沿江师范学校已于1999年停止招生，成为历史，后整体出让给航空职业技术学院。斑驳的四大柱已经荡然无存，拉拉渡也华丽转身为跨溪大桥，新大门比以前豪华大气，操场也更加宽阔漂亮。教学楼、男女生宿舍仍是原来的模样。教学楼上"学高为师，身正为范"的校训丝毫未变。重走宿舍与教学楼，仿佛又回到了大家的芳华岁月。当年学习、生活、锻炼、嬉闹的场景历历在目。最后，回到八七级（三）班教室，各自坐回当年的位置。周老师标准的普通话、丰富的表情、灵活而敏捷的肢体语言，韩老师和刘老师的严肃认真，薛老师的侃侃而谈、风趣幽默，康老师的温柔细腻，廖老师高雅的气质与风度，陈老师的严谨，汤老师的威严，一一浮现在眼前。只是台下坐的不是风华正茂的少年，而是一群知天命的中年人。只有一个除外，英子位置上坐的不是英子，而是学成归来、多才多艺、正值芳华的诗语。她继承母亲遗志，继续教书育人。

刘校长年逾古稀，满头银发，但精神矍铄。在同学们热烈的掌声中，他健步走上讲台，激动而深情地讲道："同学们，八七级（三）班的同学们！没想到，万万没想到啊！30年后的今天，我们还能重聚在八七级（三）班教室，追忆我们的峥嵘岁月。你们从这里走向祖国基础教育的天地，走向广阔的社会。今天在座的，有执政一方的领导，有单位负责人，有教育专家，有学科带头人，有骨干教师。当然，也有扎根山区、默默无闻、无私奉献、辛勤耕耘的乡村教师——你们都是好样的，我为你们点赞！

"当然，也有在教育战线、三尺讲台付出青春、热血，乃至生命，而今已离开这个世界的我心爱的学生，对他们我表示沉重的悼念！

"30年前，你们从这里出发，用学得的知识、技能，养成的高尚品德与情操，育得桃李满天下，换来祖国满天闪烁的繁星。你们勤勤恳恳，兢兢业业，努力奋进，取得了了不起的成绩，获得了巨大的荣誉。我祝贺你们！你们无愧于党，无愧于人民，无愧于教育事业，无愧于沿江师范！沿江师范以你们为荣！你们为中国的基础教育做出了巨大贡献！是了不起的一代中师生！"

有月亮落下去，有太阳升起来。

有河风吹过去，有水燕飞过来。

清明时节，春风和煦，柳絮飘飞。三山、容儿、文静、华子、陈实、美文、木子……他们相约来到云岭山公墓,去为英子扫墓。墓边已长出依依的青草,墓碑有些斑驳。他们肃立在墓前,默默地献上鲜花,静静地回忆起当年和英子在一起的那些日子。回首望去,云远天高,大江浩渺,一群鸽子带着哨响,远远飞去,渐渐不见踪影……

后　记

中师生，一个越来越遥远的词汇，却是许多人难以磨灭的记忆。

中师生，一个传奇的名字，他们却走了一条平凡而清贫的道路。

他们甘于清贫，撑起了中国基础教育的半边天。

他们乐于奉献，成为中国乡村教育发展的强大力量。

我是一名中师生，1990年毕业之后一直从事语文教学工作。30多年来，同学们在各行各业发挥着中流砥柱的作用。我将自己和同学们这些学习、工作经历进行整理归纳，耗时两年，创作出这部十万余字的小说，记录我们那一代中师生的青春故事。

"致敬，为中国基础教育做出巨大贡献的所有中师生。"是我撰写这本小说的目的，同时也想在中等师范教育历史陈列馆建成之际，以此书献给为中国的基础教育做出了巨大奉献和牺牲，至今仍战斗在教学一线的中师生和他们已经老去的老师们。

在写作过程中，得到同学们的鼎力支持；得到江津区委宣传部、文联、作协领导的高度重视；得到朋友们的帮助；得到舒德骑老师的悉心指导。在此一并致谢！

漠桑

2021年3月28日于重庆江津